日本人として受け継ぎたいこと

～凜として生きる～

原田 宏志

東京図書出版

珠玉のエッセイに学ぶ
―序にかえて―

福岡県田川市元教育長
柏木順子

「心耳を澄ます」ということばがあります。心耳を澄まさないと聞こえてこない世界、見えてこない世界があります。

昭和六十年、当時勤務していた福岡県教育センターに、長期研修員として入所された著者と出会いました。以来三十三年間、たゆまぬ研鑽と温かくも是々非々の人柄にひかれ、今日までかけがえのないご縁を頂きました。

本書には、まさに心耳を澄ましひたすら精進してきた著者の世界が広がっています。

私は随所に、衝撃にも似た感動を覚えました。著者は、体験、見聞、事例を、まるで泉が湧き出すように語りかけてきます。いや、それは語りかけではなく、問いかけであり、警鐘であることに気付きます。うわついた繁忙の中では、決して聞こえてこない、見えてこない真実がそこにあります。

教師の守備範囲、魂の遺伝子、子どもへの必須アミノ酸、三の思考法など、著者ならではの言語も飛び出します。これら多くの話題は、率直かつユーモラスに提示されていて、読む者の心を熱く揺さぶります。また、提言の数々は納得と勇気を与えます。

「国民教育の父」と呼ばれる森信三氏は、読書は自らの人生経験の内実と意味を照らし出す「光」であるといわれます。本書は著者自身の膨大な読書経験からくる叡智の所産でもありましょう。

日本人として受け継ぎたいこと

～凛として生きる～

◇

目次

第三章　子どもの心が見えますか？

第五章　校長は戦います

第一章

美と言霊の国、日本

二千年を超える歴史を有する国。七十二年間戦争のない国。世界で最も健康で長生きができる国。識字率99％超を誇る国。マスコミではなかなか報道されない日本の素晴らしさを将来を担う子どもたちに伝えたいと思います。

仁徳天皇陵

かつて仁徳天皇陵を訪れたことがありました。教科書で何度も目にしていたあの遺跡です。しかし、天皇陵に着いても見えるのは森ばかり。考えてみれば当然なのですが天皇陵が大きすぎて全体像はとても見渡せないのです。知らずに横を通れば、「でかい森が続いているな」としか思わないのでしょう。美しい前方後円墳を期待していただけにがっかりしたものです。物事は近づきすぎるとかえって見えないものですね。

帰りの新幹線の中、食事をしながら、ふと田中先生がこうもらしました。

「今の日本は贅沢すぎるよ。こんなご馳走が毎日でも食べられる。でも、こんないい世の中がそんなに続くはずがないよ」

田中先生は、終戦時が小学生でしたから日本が貧しかった頃を直に経験されています。田中先生は、言葉を続けます。

「原田先生ね。先生がちょうど俺くらいの歳になった時にね。若い先生たちに『俺たちが初任者の頃は旅行でも行ったら食事は食べきれないくらい出ていたよ。あの頃の日本は豊かだった』と懐かしそうに話しているかも知れないよ」

あれから四十年。日本は豊かです。バブル時の狂乱的な繁栄は影を潜めましたが、今でも世界で最も豊かで安全な国なのでしょう。子どもを取り巻く環境も健全とは言い切れませんが、97％の子が高校に進学し、そのうち98％が卒業していきます。

マスコミは日本のマイナス面を強調するのが宿命ですから日本のよさを認識しにくいのですが、これは日本の中にどっぷり浸かっているからです。一歩距離をおき、日本という国の有り様を客観的に見つめると、見事な仁徳天皇陵が姿を現すはずです。

つるし雛

日本には「つるし雛」という風習があります。女の子が生まれると、おばあさんやお母さんが、一針ずつ飾りを縫い糸でつるします。「花」は花のように美しく、「きんちゃく」はお金に困らないように、「亀」は長生きするようにと願いが込められています。

これは、その地元のひな人形屋さんでのお話です。

「つるし雛、ありますか？」お店に、一人のおじいさんが入ってきました。

「お孫さんへのお祝いですか？」と尋ねる店員さんに、おじいさんは首を横に振り、

「妻は余命いくばくもない病なのです。せめて、つるし雛を飾ってあげたくて」

しかし、おじいさんが差し出したお金は、つるし雛を買うにはほど遠い金額でした。

「これじゃあ、買えませんね。あきらめます」店を出て行こうとするおじいさん。

その時です。展示台に飛び乗った店員は「今日は特別価格です！　どうぞ奥様に！」と、つるし雛を差し出すのでした。一瞬驚いた表情を見せたおじいさんでしたが、「ありがとうございます！　妻も喜びます」とつるし雛を受け取っていきました。

それから、数カ月後。あの時のおじいさんが再び店を訪れました。

「あの日、すぐ病院に行きベッドの上に飾りました。すると、ふさぎがちだった妻がパッと少女のような笑顔を見せたのです。もう動けなくなった体で『懐かしい』と昔をふり返っていました。いくつになっても雛まつりは女性の心を華やかにするのですね。最期によい思い出をつくってあげられました。ありがとうございました」

こう言っておじいさんは帰っていきました。損得を超えた店員の応対が老夫婦に素敵な最期の時をもたらしたのでした。

「雛まつり」。美しい日本の文化です。

日本人の金メダル

日本人の平均寿命は男女平均すると八十三歳。これは世界一の長寿です。日本は世界で一番長生きできる国だということです。終戦間もないころは平均寿命が五十歳台と言われていましたから、この七十年で三十歳も寿命が延びたことになります。

さて、最近は平均寿命のほかに「健康寿命」という言葉を聞くようになりました。健康寿命とは、健康に過ごせる人生の長さを表し、平均寿命から病気やけがなどの期間を差し引いて計算します。いくら長生きできても、病気がちであったり寝たきりであったりすれば本当の長生きとは言えないのではないかという考えから生まれたものです。

「確かに日本人の平均寿命は世界一だが、マスコミでも報道されるように寝たきりや認知症などの実情を考えると必ずしもよい状況ではないのでは」という心配があります。

それでは、日本人の健康寿命はどうなのでしょう。

実は驚くことにこれも世界一なのです（平成二十五年調査）。男女平均七十三歳。つまり、日本人は世界で最も健康に長生きができる国民だということです。一億二千五百万人以上の国民が世界一の健康寿命を保っているのは驚異的なことだと言えます。

七十二年間戦争がないこと。食生活の豊かさ。予防医学も含めた医療レベルの高さなど様々な要因が挙げられるのでしょう。

こうした日本人の金メダルはぜひ子どもたちに伝え、継続させたいですね。

ないものねだり

寒さが厳しくなると、灯油を使う機会が増えてきます。原油価格が安定しているとは言え、一缶十八リットルで千四百円前後はするようです。日本国内ではわずかしか石油が採れませんから、そのほとんどを海外からの輸入に頼っています。

数年前、石油が大変豊富なアラブの高官の方が日本を訪れたときのことです。そのアラブの高官は日本政府の役人と会談することになります。

「あなたの国はいいですね。たくさんの石油が採れて。日本は石油資源がないから大変ですよ。うらやましいです」

こう切り出した日本政府に、アラブの高官は次のように答えます。

「何を言うんですか。確かに我が国は石油は豊富です。しかし、水はいつも不足しているのです。もし神様が私の願いを叶えてくださるなら、我が国の石油と日本の水をすべて交換してほしいものです」

我々日本人にとっては、当たり前のように存在する水が、アラブの国から見ると大変な資源であるということです。日本には、「湯水のように使う」、「水に流す」などという言葉があります。これは、水の豊かな日本だからこそ生まれた言葉なのでしょう。水道の蛇口をひねれば当たり前のように水が出てくる暮らし。飲める水を水洗便所や洗濯などに惜しげもなく使える生活。日本に住んでいれば特段ありがたみを感じることはありませんが、世界の人々から見ると「垂涎の暮らし」なのかも知れません。

どうしても、人はないものねだりをしたくなるものなのですね。

六年生を応援する男の子

かつて五年生を担任していたときのことです。運動会の練習で五年生と六年生が競争する場面がありました。当然、五年生は自分の学年を応援しています。ところが、中に一人「六年生がんばれ！」と六年生に声援をおくっている男の子がいたのです。

「どうして、六年生を応援するの！」

という女児の問いに、

「六年生はもうすぐ卒業やろ。だから、がんばってもらいたいんたい」

と、その男の子は答えたのです。

「広い視野に立ったすばらしい小学生だ」などとはだれも思いません。こういう建前論は反発をかうだけだからです。人は自分が所属する集団を無条件で応援したくなります。これが自然の姿です。

三年後には再び東京オリンピックが開かれます。オリンピックでは日本中が日本選手を応援します。日本人として自然な感情だと思います。

「これからは、国際化の時代だから、自分の国のことだけを考えるのではなく、すべての国の人を応援しなくてはなりません。これこそ国際化の原点です」

などと発言すれば、いっぺんにつまはじきにされてしまいます。

自分のふるさとの国を大事にする人間だからこそ、他の国の人も同じように祖国を愛しているのだという認識が生まれます。人間の本性の声を無視して理想論だけを振りまわしても、誰からも相手にされないのでしょう。

母国語

平成三十二年度からは小学校五、六年生に英語学習が教科として導入されます。聞くところによると、職員会議ですべて英語で話したり、卒業生の答辞を英語で行ったりしている学校もあるようですが、これが新しい学校なのでしょうか。そんなことは国際化でもグローバル化でもありません。単なる「言葉の植民地化」です。日本人は英語が苦手と言われます。中、高で六年間、英語を学んでいるのに英語が通用しない。「英会話主体の授業にしなければ」という声もありますが、本当の原因は英語が使えなくても困らないからだと思います。「英語がしゃべれなかったために、死活問題に及んだ」という人は、日本人の一割にも満たないのではないでしょうか。

加えて、「日本では高等教育が日本語で学習できる」ということです。これは、日本にいれば当然のことですが、世界から見ればけっして当たり前ではありません。世界では、高等教育は英語でしか学べないという国が少なくないということです。あらゆる国の学術書が日本語に翻訳されています。これは、日本が先人から連綿と受け継いできた貴重な財産です。英語がしゃべれないことより、「うざい」「きもい」など乏しい言葉でしか自分を表現できないことの方が余程悲しく恥ずかしいことです。

幕末、海外を訪れた日本人が外国人から高い評価を得たのは、けっして英語が堪能だったからではありません。内面にしっかりとした主張を抱き、臆することなくそれを表現しようとする気高い立ち居振る舞いに外国人は畏敬の念を抱いたのでしょう。

言葉は単なる伝達道具ではありません。言葉は人間そのものであり、民族の文化、行動様式、ものの見方でもあります。母国語を失うことは民族の魂を失うことですね。

受け継がれるもの

ある日の夕刻のことです。Fさんという初老の男性が校長室を訪れました。

「私は、五十数年前に卒業した者です。懐かしくて校門をくぐってしまいました」

Fさんは高校時代に引っ越し、今は北海道に住まわれているそうです。

「私が子ども時代の校歌、もう変わっているのでしょうね。私が習ったのは、礼儀正しく振る舞いて、規律を守り、勤倹を」思わず校歌を口ずさむFさん。

「いいえ。変わっていませんよ。今もそのままの校歌ですよ」

こう答える私に、Fさんはとても嬉しそうにほほえまれました。

Fさんの校歌を聴きながら「礼儀、規律、勤倹」という校訓が、東北で避難生活を送られる方々の姿と重なりました。未曾有の悲運にも礼節を失わず秩序を乱すことがない人々。限られた救援物資も列を作って受け取る姿。「私はいいですから、もっと困っている人たちに先にあげてください」自分は一日何も食べていないのに他者を気遣う神々しさ。外国メディアは日本人の姿を驚きと敬意を込めて伝えました。日ごろ厳しい視線を向ける近隣国も「日本人には道徳という血が流れている。我が国では五十年経っても実現できない」と賞賛を惜しみませんでした。

普通ならパニックに陥り暴動や略奪が頻発してもおかしくない状況の中で「なぜ、日本人はこのように冷静な行動ができるのか」、日本人にとっては当たり前のことが外国の人々にとっては理解しがたいことのようです。このような気高い立ち居振る舞いは、今に始まったことではありません。二千年を超える長い歴史の営みの中で、日本民族の魂の遺伝子として連綿と受け継がれてきたもののなせる業なのでしょう。

あの日に帰りたい？

私が子どものころに観たテレビのお笑い番組です。

とある一般の家庭。最近体調がすぐれない父親が布団にふせっています。心配して集まった子どもたち（と言っても中年ですが）に対し、父親はふとこうもらします。

「俺は、もうだめかも知れん」子どもたちがあわてて取りなします。

「そんな気弱なことを言わないで。寿命は延びているのよ。男性でも六十五歳なのよ」

「そうだよ。父さんしっかりしてよ。ところで、父さんは今年で確か」「六十五」

ここで観客がどっと笑うのです。昭和三十年代、日本男性の平均寿命は六十五歳だったのです。それが、今では男性八十歳、女性は八十七歳。十五年以上寿命が延びたのです。

今から十年ほど前『Always三丁目の夕日』という映画がヒットしました。舞台は東京の下町。昭和三十年代の日常を描いたものです。昔は、平和で人々の暮らしも穏やかで犯罪も少なかった。古きよき時代のノスタルジーを感じさせるものだったのでしょう。

しかし、本当にそうでしょうか。今、教室にはエアコンが設置されています。昔はエアコンどころか電灯さえなかったのです。テレビや冷蔵庫、洗濯機は普及しておらず、車をもつ家もわずかでした。衣食住どれをとっても当時は貧しかったのです。異常気象や天変地異もありました。伊勢湾台風は昭和三十四年九月の出来事でした。

少年非行や凶悪犯罪は現在の方が圧倒的に少ないのです。少年非行が凶悪化、増加していると感じるのは、単にマスコミ報道が増加したからに過ぎません。

過去は懐かしく美しく見えます。しかし、事実を注意深くたどると全く違った姿が見えてきます。私は「あの日に帰りたい」とは、どうしても思えないのです。

信頼

渡部昇一さんという評論家がいました。多くの本を執筆し、オピニオンリーダーとして活躍された方です。これは、渡部さんが若いころイギリスを訪れた時の体験です。

大変な勉強家である渡部さんは、ある本屋に立ち寄り、山ほどの本を買い求めました。さっそく、代金を支払おうとしたときのことです。

「支払いは本が届いてからでいい。あなたの日本の住所を書いておきなさい」

店主は、見ず知らずの渡部さんにそう言うのです。

渡部さんは耳を疑いました。

「えっ。どうしてですか？」

そう尋ねる渡部さんに、店主は答えます。

「あなたが日本人だからだ」

「どういうことでしょう？」

店主は言葉を続けます。

「私は、明治の時代から多くの日本人を見てきているが、日本人はけっして信頼を裏切らない。だからあなたも大丈夫だ」

この時ほど、渡部さんは日本の先輩たちをありがたく思ったことはなかったと話されています。果たして、買い求めた本は帰国後、ちゃんと渡部さんの自宅に送り届けられたそうです。イギリスを訪れたかつての日本人が、一人でも不届きな立ち居振る舞いをしていたら、けっしてこんな信頼は生まれなかったはずです。

こんな素敵な日本人の行動様式、大切に受け継ぎたいですね。

言葉の栄養不足

日本語には「雨」に関する言葉が大変多く存在します。五月雨、時雨、梅雨、にわか雨、霧雨、こぬか雨、氷雨等々。雨の降り方や季節感の違いを日本人は巧みに表現してきました。

「雨」に限ったことではありません。日本語には感情をきめ細かに表す言葉も大変豊かです。このため、外国文学を日本語に翻訳するのはとてもたやすいと言われます。逆に日本文学を外国語に翻訳するのは困難を極めるそうです。外国語には日本語ほど感情の機微を言い表す言葉が多くないからだということです。

しかし、最近は日本語をそまつにしている例を見かけます。失恋した気持ちを「むかつく」という一言で片付けてしまう若者がいます。本人は、果たしてそれで満足なのでしょうか。悲しい、寂しい、せつない、つらい、わびしい、はかない……。いくらでもそのときの心情をぴたりと言い表す言葉が存在するはずです。なのに、単に「むかつく」で片付けてしまう。おまけに、ひいきのチームが負けても、バスが予定時刻より一分遅れても「むかつく」。これは、人間として悲しいことではないでしょうか。

最近、キレる子どもが多いのも「言葉の栄養不足」が一因のように思います。感情を的確に表現できないもどかしさからキレて手を出してしまう。この時、冷静に自分の感情を言葉に置き換えて表現できる子どもは、それだけ人間として豊かであり、たくましいと言えます。

自分の気持ちを的確に言葉で表現できることは、自分の気持ちを相手に分かってもらえるだけではなく、自分の中に住むもう一人の自分に気持ちを理解してもらえる自分自身へのカウンセリングなのでしょう。

美香と美久

二人姉妹がいます。姉は、社交的で活発なタイプ。妹は引っ込み思案で人付き合いが苦手。姉妹なのに真逆の性格です。二人の名前は美香《ミカ》と美久《ミク》。さて、あなたは、姉妹のどちらが美香で、どちらが美久なのだと思いますか。

おそらく、多くの人が姉を美香、妹を美久と考えたのではないでしょうか。これは、偶然でしょうか。実は、ほとんどの人がこのような反応を示すそうなのです。その秘密は二人の名前の発音にあります。「ミカ」と「ミク」、「ミ」は共通ですから、違いは「カ」と「ク」。「カ」はア音、「ク」はウ音です。つまり口をいっぱいに開く「カ」と、口をすぼめる「ク」。この口型の違いが脳に別々の信号を送るらしいのです。ア音は開放的な気分を、ウ音はくぐもった雰囲気を脳に生じさせるのだそうです。

この現象は、人名に限ったことではありません。「朝」は「ア音」を重ね、「夜」は

「オ音とウ音」が重なります。太陽が真っ赤な光を注ぐ様子が「朝」という言葉に合うのでしょう。逆に暗く静寂な雰囲気が「夜」という言葉にふさわしいのでしょう。「はっきり」と「ぼんやり」もそうです。はっきりは明瞭な感じを、ぼんやりは霧に包まれた感じを与えます。「はっ」という促音便のもつ威力なのでしょう。

言葉は単なる伝達記号ではありません。その民族が連綿として築き上げてきたものの見方や精神性、行動様式等が凝縮された文化なのだと言えます。ですから、少年期までに、自国の言葉をしっかりと身に付けさせることが必要になります。そして、確かな言語文化の担い手として国際社会を生き抜く日本人を育てることが国語教育の使命なのでしょう。

ネーミング

かつて「ピンクレディー」という名前のアイドル歌手がいました。ミーとケイという二人組の女性。昭和五十年代の初め、空前のヒットを飛ばし続けたデュエット歌手です。昭和五十三年には『ＵＦＯ』という曲で日本レコード大賞にも輝きました。

なぜ、彼女たちはこれ程ヒットを続けたのでしょう。もちろん楽曲のよさをはじめ、当時としては大胆な衣装で派手に踊って歌う斬新さが人々の心をつかんだのでしょう。しかし、もう一つ、この「ピンクレディー」というネーミングもあの人気を加速させた大きな要因だったと思うのです。

実は、彼女たちがデビューするにあたっては、いくつかの芸名候補がありました。「ちゃっきり娘」という名前も有力だったそうです。しかし、「ちゃっきり娘」だったら、あれ程のヒット曲を生んだかと言えば疑問です。

ピンクレディーのピンクは日本語で言えば「桃色」。愛らしい女性をイメージする色です。私は、毎朝校門で登校してくる子どもたちを迎えていました。そこで気付いたのは、ほとんどの女子児童が衣服や靴、又は小物の一部に必ずと言っていいほど「桃色」を身につけていることです。これは、おそらく95％を超える確率だと言えます。男子児童では、赤色はあっても桃色はあまり見受けられません。

これは、たまたまの現象でしょうか。女子は、本能的に「桃色」を好む何かが備わっているのではないのでしょうか。けっして、周りから「女の子だから桃色を選びなさい」と文化的な強制を受けた結果ではないように思えるのです。

そう言えば、三月三日の雛まつりは「桃の節句」と言いますよね。

三の思考法

「三」という数字からどんなことを思い浮かべるでしょうか。

往年の野球ファンなら長嶋茂雄元監督？　実は、この「三」という数字、とても不思議な力をもっています。難しい物事も三つに区切ることで、すっきりと理解できるらしいのです。例えば、人に何かを説明する場合でも、「理由は三つあります」と言えば、聞き手はすんなりと受け止めてくれるようです。

考えてみると、世の中には、三のまとまりで成り立っているものが数多くあります。野球もそうです。ストライク三つで三振ワンアウト。スリーアウトでチェンジ。一試合は九イニング。打者も九人、三冠王、いずれも三、又は三の倍数で作られています。

野球だけではありません。ボクシングも一ラウンドが三分。オリンピックのメダルも「金銀銅」の三種類。

スポーツ以外でも続きます。信号機の色は「青、黄、赤」。ジャンケンも「グー、チョキ、パー」。三種の神器、三日天下、御三家、お正月の三が日などなど、まだまだ他にもありそうです。

カップラーメンもお湯を注いで三分間でできあがります。かつて、もっと時間を短縮した方が喜んでもらえるだろうと一分間で食べられるカップラーメンを開発した食品会社がありましたが、まったく売れなかったそうです。

「スリー」「トリオ」「サード」。きっと、物事を三つに整理することのよさを昔の人は本能的に知っていたのでしょう。逆に四つ以上になると混乱を始めるようです。「三」の魔力。意図的に活用したいですね。

たった一人の入場行進

三年後には東京で二回目となるオリンピックが予定されています。

これは、今から五十三年前、東京オリンピックが開かれた時のお話です。

昭和三十九年十月十日、まさに世界中の青空をすべてかき集めたかのような日本晴れの中、国立競技場でアジア初となる東京オリンピックが行われました。それは、開会式での入場行進の時です。各国選手が集団行進する中で、たった一人で行進している選手の姿がありました。ほかには誰もいません。旗手も選手も役員も、あわせて一人なのです。でも、その選手は、けっして悪びれることなく国旗を抱いて行進を続けます。

「けなげであります。まことにけなげであります」

実況していた鈴木文弥アナウンサーは、とっさにこのように報道しました。

「かっこいい」でも「立派です」でもありません。鈴木アナウンサーが選んだのは「けなげ」という言葉。その選手の凛とした姿を表すのにぴったりとした言葉でした。

「言霊の国」と言われる日本には感情をきめ細かに表す言葉がたくさん存在します。一つの言葉が増えることは、心のひだが一つ豊かになることです。その分だけ世の中が広がることです。その分だけ人間として優しくなれることです。これこそが、言葉による成長、人間形成なのだと考えます。もやもやとした自分の気持ちが適切な言葉に照らされて明確になった時、人は安心感をいだきます。言葉の役割は単なるコミュニケーションではありません。言葉を通して、その人のものの見方や考え方、ひいては人格をも築いていきます。

言葉に敏感な、言葉を大切にする子どもを育てたいと考えています。

イメージ

あまなく　小草は枯れて風に鳴る　かなたに小さき山の中学

　この短歌は、大正から昭和の時代に活躍した歌人、木俣修さんの作品です。中学二年生の時に習ったものです。国語科を担当していただいた藤本晃一先生の授業が好きで、いつか自分も教師になって、藤本先生のような楽しい授業をしてみたいと思っていました。自分が教職の道を歩むようになったのも藤本先生の影響が大きかったのだと思います。中でも、短歌や俳句の授業ではたくさんの感動を味わうことができました。

　冒頭の短歌は、特に心を引かれた一首です。晩秋の山間の風景を歌ったものでしょう。自分なりに情景を思い浮かべるのが楽しみでした。特に、歌の後半部分の「小さき山の中学」は、私の想像をかき立ててくれました。

子どものころは、「この風景を実際に見てみたい。特に、小さき山の中学校とは、どんな学校なのかをこの目で確かめたい」と思いました。

しかし、次第に、それはやめておいた方がよいのではないかと考えるようになりました。自分の頭の中に描いている美しいイメージが壊れることが怖かったのです。実際にその中学校を目にして「こんなはずじゃなかった」となるのが嫌だったのです。

言葉を手がかりに情景を頭の中で思い浮かべること。イメージを自分なりに創造すること。これは、「読むことの醍醐味」なのでしょう。それは、テレビ等の映像文化やマンガでは、けっして味わうことのできない世界です。

「読む」ことを通して、言葉を手がかりに立ち止まってじっくりと考える、そんな人間づくりを大切にしたいと考えています。

拝んでまいりました

京都にある旧家での出来事です。ある日、その旧家を二人のお客が訪ねてきました。一人は外国の方、もう一人は日本人です。夕食までしばらく時間があったため、家主は、二人を家の裏庭にある祠に案内しました。その祠の中には、その家に古くから伝わる観音像がまつられていたのです。

「どうぞ、ゆっくりごらんになってください」

しばらくすると、二人が部屋に戻ってきました。

「観音様を見てきました。素晴らしいと思いました」

外国人のお客はこう感想を述べました。

しかし、日本人のお客は次のように答えたのです。

「観音様を拝んでまいりました。素晴らしいと思いました」

「見てきました」と「拝んでまいりました」、同じ行動でも表現の仕方が微妙に違っています。外国人の方には、そもそも観音様を拝むという文化がなかったのかも知れません。

このように、言葉は単なる伝達記号ではありません。言葉は、その国の文化や行動様式、人々の生きざまそのものであることが分かります。

子どもたちも、将来多くの外国人と交わったり、海外で活躍したりする機会が訪れるでしょう。そんな時には、誇りをもって、日本の伝統や文化を表現できる人間に成長してほしいものですね。

う　わあついに言った！

『オバケのQ太郎』の一作品です。暑さに耐えるため、Qちゃんの家では「あつい」と言ったら十円罰金を払うルールを決めるのです。お客に羊羹を運ぶQちゃん。厚く切られた羊羹を見て、「もったいない。こんなに厚く切って！」とつぶやくのです。「はい、十円」正ちゃんがすかさず手を差し出します。「夏のことを考えるからだめなんだよ。南極のことを考えるといいよ」と助言を受けたQちゃん。早速南極の情景を思い浮かべます。「ペンギンがいて、厚い厚い氷が張って」「はい。二十円！」

不機嫌に玄関前を通りかかると、ちょうど先程のお客さんが帰るところです。

「それでは、また、熱井さん」お父さんの挨拶を聞いたQちゃんが、

「うわあ、ついに言った！」と飛び上がります。お父さんに罰金をもらったQちゃんは感涙を浮かべながら十円玉を握りしめています。そのQちゃんの肩を叩く人物がい

ます。振り向くと正ちゃんが「十円」と手を伸ばしています。

「ええっ！　僕、何も言っていないよ」と反論するQちゃん。

「さっき、『うわあついにいった』と言っただろう。だから十円」

「ひどい、こじつけだ！」「あつい。あつい。あつい。あつい！」

怒り心頭に発したQちゃんは狂ったように暑いを連呼して十円玉を投げ続けます。

「やめなさい！　Qちゃんをからかうのは」お母さんの仲裁です。

「分かった、分かった。お金は返すから落ち着けよ」という正ちゃんの言葉に「じゃあ、落ち着くよ」けろりと機嫌を直したQちゃんでした。

漫画の世界なら笑い話です。しかし、こんな言葉狩りが横行するとやっかいですね。

第二章　それって本当ですか？

一見反論ができない言説。もっともらしい正論の陰に潜むメッセージ。社会風潮について疑問に思うことを書いてみました。

弱者の味方？

昭和の時代、勤務校で次のような事案がありました。

卒業式を控えた職員会議の最中でした。卒業式では、卒業生一人ひとりが壇上に上がり、校長先生から卒業証書をいただくという方法を採っていました。ところが、その年の卒業生に足の不自由な子がいたのです。そこで、卒業証書を壇上に上がって校長先生から受け取るのは無理ではないかという意見が出されたのです。だから、卒業証書授与は、壇上ではなくフロア形式にして行えば、その子も支障なく卒業証書を受け取ることができるという趣旨の発言でした。

一見正論です。いかにも、その子の立場を思いやった愛情溢れる発言に見受けられます。しかし、その教師（たち）の意図は全く別の所にあったのです。つまり、校長を壇上から降ろすこと、雛壇を作らずにフロア形式の卒業式を実現させることが目的だったのです。これが、真のねらいでした。

「私たちは障害のある子どもの立場に立っています。私たちは弱者の味方です」と二言目には口にしますが、実際は自分たちの運動の成功のためにその子の障害を利用したに過ぎませんでした。

結局、階段に手すりをつけることで卒業式は雛壇方式で無事執り行われました。

世の中には、一見誰も反論できないような大義名分を振りかざしながら、隠れ意図を巧妙に実現させようとする勢力が確かに存在しますね。

千代大海のつっぱり

かつて千代大海という大関がいました（現在の九重親方）。大分県出身で十一年もの長きにわたって大関を務めました。千代大海の得意技は「突っ張り」。この「突っ張り」を生かして生涯で通算三度の幕内最高優勝を飾っています。

ところで、千代大海は子どものころ、かなりの「つっぱり」だったようです。それが、相撲と出会って立ち直り、大成しました。彼が大関に昇進したころは「少年時代のつっぱりを『突っ張りで』克服した」と大変話題になったものです。

そう言えば、子どものころは大変な悪ガキであった人が、心を入れ替えて大成した例がよくマスコミで取り上げられます。

このような報道を耳にすると、あたかも子ども時代に悪くないと将来の大成は約束されないかのような錯覚にとらわれてしまいがちです。

逆に、コツコツと真面目に取り組んでいる人間は面白みがなく、価値が低いかのような誤解を与えてしまいます。

しかし、事実はけっしてそうではありません。千代大海の事例が報道されるのは、それが珍しいからです。現在の日本社会を支えているのは、多くを語らず、人生を少年時代から地道に生きてきた大多数の人々です。

現在は、ややもすれば、真面目さをちゃかしたり、物事に一生懸命に取り組む姿を「ダサイ」などという言葉でおとしめたりする風潮があるようです。

このような風潮にくみすることなく、将来に生きて働く確かな人間力の育成に地道に努めていくのが学校の使命だと考えています。

型を失ったアンモナイト

横綱白鵬の土俵入りを見たことがあるでしょうか。白鵬が土俵入りの中で、両腕を大きく広げ、目の前で左右の手のひらをぱちんと合わせる所作を繰り返します。これを「柏手を打つ」と言います。この柏手を打ったとき、白鵬の手とひじと胴を結んだ形が正五角形となっているのです。実は、桜の花びらも頂点を結ぶと正五角形ができます。桜だけではありません。他の花も、その花びらの頂点を結ぶと多くは正多角形を描きます。これは、意図的に正多角形という型を作ることによって宇宙のエネルギーを体内に呼び込もうとする生物の本能とも言える知恵が残されたものらしいのです。生物の知恵を人間がまねているのですね。

生物は、生きるために「型」を守ってきました。「型」を大切にすることはけっして個性や自由の抑圧ではありません。

アンモナイトという生物がいました。アンモナイトは、今から六千五百万年ほど前まで、地球の至るところに生息していた大型巻き貝です。アンモナイトの表面には規則的ならせん模様が描かれています。これが美しく感じられるのは「8対5」の黄金比が守られているからなのだそうです。

ところが、アンモナイトが絶滅する間際の化石には、ほとんどと言っていいほど、らせん模様がねじれた状態のものが発見されるらしいのです。つまり、アンモナイトは絶滅する直前に完全に「型」を失っていたのです。

アンモナイトの型くずれが出始めた頃、彼らは「新しいタイプね、個性的ね」と脚光を浴びていたのかも知れません。しかし、それは滅亡への序章だったのですね。

当たり前？

元読売巨人軍監督の川上哲治さんが九十三歳で亡くなりました。現役時代は打撃の神様と言われ、巨人軍監督に就任してからは、十四年間で、リーグ優勝十一回。そのすべてにおいて日本一に輝いています。中でも昭和四十年から四十八年までの日本シリーズ九連覇は、おそらく今後も破られることのない金字塔なのでしょう。

私がプロ野球を知ったのは昭和四十一年。小学校四年生の時でした。小学館が発行していた『小学四年生』という雑誌に「ちびっ子選手金太郎」というマンガが連載されたのがきっかけで病的な巨人ファンとなりました。

昭和四十一年と言えば、Ｖ９時代のＶ２の年にあたります。それから、昭和四十八年まで毎年優勝したのですから、「今年はどのチームが優勝するだろうか」などという疑問を差し挟む余地はなく、私の中では「巨人軍が優勝するのは決まっていた」のでした。もっぱら関心は、王貞治選手が何本ホームランを打つか、今年こそは三冠王が獲れるのかということだけでした。

ですから、昭和四十九年、V10を逃したとき、「世の中にこんなことが起こるのだろうか」と本気で思ったほどでした。「毎年優勝するのが当たり前」と考えていたことがけっして当たり前ではなく、たぐいまれな現象であることを受け入れたのは、大人になって大局的な判断が可能になってからのことでした。

今の子どもたちにとって、戦争のない平和な世の中は「当たり前」のことなのでしょう。しかし、世界全体から見れば、七十年以上も戦争がないというのは、たぐいまれな現象なのですね。

十一秒七

昭和の時代の話です。その日は体育の授業で、私はストップウォッチを片手に子どもも一人ひとりの走力を計っていました。

最初の子が十一秒七。次の子はとても足が速い子で十一秒ちょうど。その次の子が十一秒七、その次の子も十一秒七。「みんな速くなったなあ」と思いつつ、その次は女子が走りました。かなりドタドタという走りでしたが、やはり、時計を見ると十一秒七。ここで、「あれっ」と気付きました。何のことはない。ストップウォッチが壊れていたのです。考えてみれば全員の子どもが十一秒七で走る方が不思議なのです。

もし、四十人全員が十一秒七で走ったら逆にこわいのではないでしょうか。十一秒で駆け抜ける子もいれば、私みたいに十五秒かかる子どもがいるのが自然なのでしょう。

しかし、ここに「あくまでも平等でなければならない」という概念をむりやりもちこむとどういうことになるか。答えは簡単です。一番遅い子どもの十五秒に合わせてみんながスピードを落とせばよいのです。しかし、学級の全員が十五秒で走ってくれて、その子は果たして幸せでしょうか。きっとその子は「こんなのは嘘っぱちだ！」と叫ぶのでしょう。これは、けっしてその子への気遣いでも友情でもなく、単なる偽善です。足の速い子の力を発揮できないようにしても足の遅い子の力が強くなるわけではありません。もてる力を発揮する機会を奪われた子どもの意欲を削ぎ、逆にみんなの力が弱くなるだけです。さらに怖いのは、出番を奪われたエネルギーは、いびつな形でそのはけ口を求めてしまう場合が少なくないことです。

互いの違いを認めあえる世界でいたいですね。

親子リレー

ある小学校の運動会での出来事です。四チームによる親子リレーが行われていました。競技が終わり、成績発表が行われます。気になったのは、この種目を担当した教師の言葉でした。

「ただ今の成績を発表します。今日の親子リレーの結果は『速さ』という面だけを見れば○○チームが一番でした」

担当教師はこのように発表したのです。いかにも敗者をおもんぱかった温かい教師の言葉のようです。しかし、ちょっと待っていただきたいのです。リレーはもともと速さを競うものです。もちろんチームワークやフェアプレー精神も大切ですが、リレーで人間性が表舞台に出るのは邪道なのです。へんてこな理屈をつけずに、早くゴールをしたチームを素直に賞賛すればよいのです。

学校にはいろいろな子どもがいます。勉強では一番になれなくても、絵画が幼児なみに稚拙であっても、足の速さだけは自慢できる子どももいるのです。逆に言えば、リレーの場面だけがその子が輝く晴れ舞台かも知れないのです。

ですから、この時とばかりにその素晴らしさを惜しみなく認めてやればよかったのです。変な平等主義を意識しすぎるから、こんなうさんくさいコメントを発したくなるのです。

子どもたちは、このような教師の嘘を鋭く見抜いてしまいます。「自分たちはけっして金太郎飴ではない」ことを本能的に知っているからです。

男子体操個人種目

オリンピックでの金銀銅独占と言えば、札幌五輪七十メートル級ジャンプを思い出します。しかし、日本の金銀銅独占はミュンヘン五輪で、何と三回も達成されているのです。

男子体操では、団体、個人総合、種目別で八個の金メダルを競います。現在、種目別決勝では一つの国からは二名の選手までしか出場できません。昔はこんな制限はありませんでした。予選で高得点であれば国にかかわらず何人でも決勝に出場できたのです。なぜ、こんなルールが生まれたのでしょう。

実は日本選手が原因なのです。男子体操は昔から多くの金メダルを獲得しています。ミュンヘン五輪の男子体操は圧倒的な強さを誇っていました。金は何と五個。個人総合では金銀銅を総なめ。種目別でも平行棒と鉄棒でメダルを独占します。二十二個のメダルのうち十五個を日本がかっさらったのです。正に無敵でした。ここで外国チームからクレームがついたのです。

「メダルが一つの国に偏るのはよくない。いろんな国の選手がメダルを取れるように種目別では、一国から最高でも二人までしか出場できないように決めよう」

いちゃもんのような身勝手なルールです。日本はもちろん抗議をしましたが、多勢に無勢、多数決で理不尽な取り決めが国際ルールとして認められることになったのです。

こうして、次のモントリオール五輪からは一種目に同一国からは二人までしか出場できなくなりました。結果的に得点が高くてもメダルを取れない選手が生まれ、逆に、本来ならメダルを取れない四位以下の選手が表彰台に立つ結果となりました。

「多くの国の選手にメダルを」という言葉は聞こえのよいものですが、これは「悪平等」ではないでしょうか。実力が正当評価されないルールは人の意欲を減退させます。

事実だけれど……

「さすが、よく勉強されていますね！」

インタビュアーの驚きの声です。質問を受けたのは女子大生のSさん。最近の時事問題について十問中何問答えられるかという街角インタビューです。かなり高度な質問もあったのですが、Sさんは次々と正解を重ねていきます。結局Sさんは十問中九問正解を取りました。ただ、気がゆるんだのか、最後の質問「今の総理大臣の名前は？」には、うっかり「Hさん」と答えてしまったのです（正解はKさん）。それでも、好成績であることに間違いはありません。それが、冒頭のインタビュアーの言葉につながったのでしょう。

「実は、これテレビで放送する予定なのです。よろしいですか」

インタビュアーの依頼に、Sさんは「いいですよ」と快諾しました。

数日後。街角インタビューの模様がテレビ放映されました。しかし、驚くことにタイトルは「総理大臣の名前さえ知らない今時の女子大生！」という衝撃的なものでした。つまり、Sさんが唯一正解できなかった部分だけを切り取って放映したのです。もちろん、残り九問が正解であったことを視聴者は知る由もありません。コメンテーターは、したり顔で、

「今時の女子大生はこんなにひどいのですか。きっと、勉強なんかしないで遊んでばかりいるんでしょうね」と追い打ちをかけました。

個々の内容は事実であっても、悪意をもって組み合わせれば、とんでもない虚像が生まれてきます。

後付け

かつて、松竹配給のお正月映画で『男はつらいよ』と『釣りバカ日誌』が二本立てで公開されていました。実はこの二つの映画の標題には面白い違いがあります。

例えば、『男はつらいよ』では、『男はつらいよ　第48作』というように標題にバックナンバーが付いています。釣りバカ日誌には最初から『釣りバカ日誌1』というバックナンバーが付いていますが、実は『男はつらいよ』にバックナンバーが登場するのは四作目からなのです。つまり、『釣りバカ日誌』は、最初から連作を予定していたのですが、『男はつらいよ』は、最初はその意図はなかったということです。たまたま一作目がヒットしたから連作が始まったのです。つまり、『男はつらいよ』のバックナンバーは後付けなのです。

ＮＨＫに全三冊からなる『名曲アルバム』という楽曲があります。これもナンバーが付くのは二冊目からです。一冊目には『NHK名曲アルバム』とあるだけなのです。

小学校四年生は十歳を迎える学年です。ちょうど成人式を迎える二十歳から見ると折り返し地点にあたります。私たちは、「十歳は成人式の半分の年齢だ」と考えますが、これは大人の論理なのです。この意識は子どもにとっては大変薄いということなのです。つまり、このように考えるのは、自分が成人して、来し方を振り返った時なのです。その時に「小学校四年生の十歳の時はちょうど成人式の半分だったな」と初めて気が付くことなのです。

大人にとっては当然と感じることでも、子どもにとっては必ずしも当たり前ではないことが少なくないのです。大人の論理だけで子どもに接しないようにしたいですね。

聖徳太子が消えた？

「ねえ、今の子どもたちって、聖徳太子を知らないのね」

ある日の妻の言葉です。

「そんなはずはないだろう！」

「でも、テレビでやっていたわよ。今の子どもたちは、厩戸皇子と習うそうね」

「いや、そうじゃないと思うけど」

聖徳太子と言えば、昭和五十九年十月末まで一万円札の肖像画として用いられた十七条の憲法で有名な人物です。

学習指導要領が新しくなり、もしかして「厩戸皇子」と教えるように変わったのか。そんなことはないはずだが……と思いながら、学習指導要領社会科の解説書をめくってみました。果たして、そこに書かれてあったのは、まさしく「聖徳太子」でした。

どこにも「厩戸皇子」という文字は見あたりません。

念のため中学校の学習指導要領でも確かめます。そこでも書かれてあったのは「聖徳太子」の文字でした。つまり、文部科学省は小学校でも中学校でも「聖徳太子」と指導するように明示しているのです。

さらに、実際子どもたちが使用している教科書もあたってみました。すると、小学校では全四社とも「聖徳太子」、中学校では全七社のうち六社が「聖徳太子（厩戸皇子）」、一社は「聖徳太子」のみとなっていました。つまり、全国のどの小・中学校でも「聖徳太子」として学んでいることが明らかになったのです。

噂とは怖いものですね。原本を確かめないと、とんでもない誤報が事実として独り歩きをしてしまいます。

温暖化？

最近は「地球温暖化」のことがよく話題に上ります。でも今年のような気候だと、地球が温暖化しているのは本当なのかと疑ってしまいそうです。実は、地球は寒冷期に入っており、ここ数十年の暖かさは「地球の小春日和にすぎない」という説もあるようです。また、二酸化炭素の増加と温暖化には因果関係はないという学説もあるらしく、何が本当なのか迷ってしまいますね。

最近は、「地球温暖化による悪影響」がマスコミでよく取り上げられるため、「地球寒冷化の弊害」を忘れがちです。もし、今より気温が数度低くなったとしたら、それはそれで困った状況が起こるのではないでしょうか。

地球寒冷化で困ること（予想）

ア　穀物や野菜などの農作物が育ちにくくなり食糧不足が起こる。
イ　冬が長くなり、石油燃料などのエネルギー消費が増え、暖房費もかさむ。
ウ　風邪やインフルエンザなどの疫病が増える恐れがある。
エ　大雪や路面凍結などにより交通機関が麻痺し、通勤や通学、通院等に悪影響が起こる。
オ　大雪に伴う臨時休校が増える（嬉しいかな？）。
カ　食糧、エネルギー不足から国同士の争いの遠因となる。　など

右の一覧は、地球寒冷化に伴うデメリットを思いつくままにあげたものです（あくまでも予想です）。もちろん地球温暖化によるデメリットも報道されているように少なくないことも理解できます。しかし、物事にはメリット・デメリットの両面があります。片面だけを強調し、もう一面を忘れることがないようにしたいと考えています。

国際化

外国の学校で実際にあったお話です。

その学校の生徒が夜間に校舎に侵入し盗みを働こうとしました。ところが、塀の一部が壊れかけていたため夜間であることも手伝って転び、足に軽いけがを負いました。

この事件は裁判にまで発展しました。訴えられたのは不法侵入しようとした生徒側ではなくて、何と学校側だったのです。理由は、「我が子が盗みを働こうとした際にけがをしたのは学校の安全管理が不十分だったからだ」というものでした。

驚いたのは、この話を紹介した大学教授が、

「これは一見理不尽なことのように思えるかも知れませんが、これが国際化なのです」

と付け加えたことです。

ちょっと待ってください。これが本当に国際化でしょうか。確かに、外国に比べ、日本の弁護士は極めて数が少なく、「日本は訴訟の後進国」とも言われます。しかし、小さな行き違いをわざわざトラブルに仕立て上げ、その問題をことごとく外注して解決を図る姿は果たして健全と言えるのでしょうか。まるで、弁護士を失業させないためにトラブルを探し求めているかのようです。

昔から日本には、少々のいさかいは自分たちでうまく解決するという文化が息づいていました。互いの言い分を主張しながらも完膚無きまでに相手を追い込むのではなく、譲歩する部分を模索しながら折り合いをつけていく絶妙のコミュニケーション能力を引き継いでいます。「わざわざ専門家の手を借りなくても、日本には自分たちの手でトラブルをうまく解決するすばらしい歴史と文化があるのですよ」と言いたいですね。

秘密のサンタ

町のあちこちにクリスマスを祝うあでやかな電飾が目につきます。日本人があまりにもクリスマスを楽しむため、知らない外国人は「日本はキリスト教徒の国なのか」と思ったそうです。ある子どもは、教会にクリスマスの飾り付けがあるのを見て、「へえ、教会もクリスマスをするのですね」と真顔で言ったそうです。

アメリカに、ラリー・スチュワートさんという男性がいました。スチュワートさんは、「秘密のサンタ」と呼ばれ、二十六年間、毎年十二月が来ると街角で恵まれない人々に現金を渡し続けていました。その総額は一億五千万円に達していたと言われます。

スチュワートさんが「秘密のサンタ」になろうと思い立ったのは、かつて次のような体験があったからです。

スチュワートさんは、若いころ職をなくし、車に寝泊まりをしていた時がありました。ある日、レストランでたっぷりと朝食をとったスチュワートさんは、「財布をなくした」とごまかそうとしました。すると、そのレストランの店長は「あなたが落としたお金に違いない」と言って、二十ドル札を差し出すのです。もちろん店長は、スチュワートさんの嘘に気付いていました。なのに、そう言ってかばってくれたのでした。

スチュワートさんは、その後、事業で大成功を収めます。そして、若い日のレストランでの経験を忘れることができずにお金を配り続けたのです。スチュワートさんは、数年前この世を去りました。しかし、スチュワートさんの遺志を引き継ぎ、新しい「秘密のサンタ」が次々と登場しているということです。

善行銀行

『善行銀行』というドラマがありました。主人公は高三のA男。ドラマはA男をこよなく可愛がっていた祖母が死を迎えるところからスタートします。死期を悟った祖母は、枕元にA男を呼び、一冊の通帳を渡しながら、

「私が死んだらこの通帳を善行銀行に持っていきなさい。きっといいことがあるから」

こう言い残して祖母は亡くなります。

祖母の善行貯金を手にしたA男には、よいことが雪崩のように起こります。希望大学からの推薦入学内定通知。憧れの同級生M子との恋の始まり。しかし、幸せは長くは続きませんでした。善行貯金が底をついてきたのです。

再び善行銀行を訪れたA男に、行員は「融資ができますが、返済は大丈夫ですか」

と尋ねます。「大丈夫です」と言い切るA男。

「承知しました。返済はお金ではなく善行でお願いします」と念をおされます。

再びA男に一時の幸せが訪れます。しかし、享楽的な生活におぼれたA男は善行で借金を返すことができず、最後は悲劇的な結末を迎えるところでドラマは終わります。

このドラマのテーマは「人生の善行借金」でした。人は、他人に対する「善行」より他人からもらった「善行」の方が驚くほど多いのだそうです。しかし、人は他人への善行は岩に刻むように記憶し、他人からの善行は砂に書いた程しか記憶できないのだそうです。このため、ついつい他人からの善意を忘れ、「私はこれ程尽くしているのに」「ぼくは何も悪いことはしていないのに」と不満を抱いてしまうのだそうです。

「悲劇の主人公シンドローム」に陥らないようにしたいと思います。

見返しの二十二勝

小林繁というプロ野球選手がいました。昭和五十年代に巨人、阪神で活躍した投手です。華奢な体から繰り出す多彩な投球で「細腕繁盛記」という異名をもつほど、チームの要として活躍していました。

ところが、昭和五十三年の秋、小林投手に大きな転機が訪れます。巨人軍に江川卓投手が入団することになったのです。いわゆる「江川事件」です。ドラフト会議の隙間をついた巨人軍の強引な手法に批判が集中しました。江川投手が入団するはずだった阪神は収まりがつかず、代償を巨人軍に求めました。その白羽の矢が小林投手に当たったのです。正に青天の霹靂でした。その年も十三勝を稼ぎ、エースとして貢献した自分がまさかの移籍。到底受け入れられるものではありません。しかし、結局小林投手は悔しさを抱えたまま阪神へ移籍させられます。

翌年、小林投手は悔しさをマウンドにぶつけます。何とその年に挙げた勝ち星は驚異的な二十二勝。最多勝利投手に輝きます。しかも、巨人軍と対戦した八試合は八勝〇敗。巨人軍は小林投手の怒りの投球に手も足も出ず、一勝もできなかったのです。

小林投手は、ピッチングで見事に巨人軍を「見返し」たのです。しかし、怒りに支えられた「見返し」は長続きしませんでした。小林投手は四年後、三十一歳の若さで引退してしまいます。数年後、小林投手は当時の心境を次のように語っています。

「あの年に自分がやったことは決して褒められることではありません。チームのことは考えず自分のためだけに野球をやっていたのです。自分の悔しさを晴らすためだけの野球。あざとい野球でしたね」

一見強そうに見える怒りと見返しに支えられた人生。王道とはなれないようです。

第三章　子どもの心が見えますか？

子どもは、様々な方法でメッセージを発しています。それは、必ずしも直球であるとは限りません。様々な変化球を駆使しながら心を伝えようとしています。その隠されたメッセージを見逃さない教師でありたいと思います。

三日連続の忘れ物

担任時代のことです。音楽の授業で、ある児童が三回続けて忘れ物をしたのです。とうとう私は我慢しきれずに授業中にその児童を叱りつけました。

「どうしてそんなに忘れ物をするの！　あなたは本当に忘れ物が多いんだから」

その子は、黙ってうつむいたままでした。

その夜のことです。私は自宅に戻って改めてクラスの忘れ物記録を調べました。叱ったその児童はクラスで三番目だったのです。三番目に多いのではありません。何とクラス三十一名中三番目に少なかったのです。

いかに自分が事実を見ていなかったかを思い知らされました。三回続けて忘れ物をしたことが印象に残ってしまったのです。そして、「忘れ物の多い子」というレッテルを貼ってしまったのです。人間の思いこみがいかに怖いかということを気付かされた出来事でした。

「子ども理解が大切だ」と言われますが、まずは客観的に理解することが重要です。印象や風評ではなく、事実やデータをもとに判断しないと、とんでもない間違いを起こしてしまいます。

人は本能的に「自分の第一印象を変えたくない」と思ってしまう存在のようです。このため、一度レッテルを貼ってしまうと、いくらその子ががんばっていても、全く見えなくなってしまうのです。

これでは、子どもは輝くことができませんね。

返事をしない男の子

昭和の時代です。当時、学校には公衆電話を置いていなかったため、子どもたちは用事があるときは、職員室の黒電話を使うことになっていました。もちろんふだんは使えません。緊急の場合などに限って使うのです。

ある日のことです。六年生の男の子に電話がかかってきました。ところが、電話が終わるとその子は何も言わずに立ち去ろうとしたのです。

「あら、何か忘れていない？」

M先生の問いかけです。しかし、それでもその男の子から返事はありません。聞こえていないはずはないのです。少し離れている私にもM先生の声ははっきりと聞こえています。

「どうしたの！　なぜ、お礼を言わないの？」

再度尋ねるM先生の声を無視して男の子は職員室を出て行きました。

「何と礼儀知らずな男の子だろう」

誰もがそう思ったはずです。しかし、その男の子にはそうするだけの理由があったのです。なぜなら、その電話は「今、父親が亡くなった」という知らせだったのです。

一見理不尽に見える子どもの言動。しかし、そこにはその子なりの正当な?理由が存在するのですね。

表にあらわれた言動だけではなく、その奥にあるメッセージをとらえる教師でありたいと思います。

非日常

先日、タクシーに乗っていると、座席のシートにタイ国の宣伝パンフレットが貼ってありました。正確な文章は覚えていないのですが、「日常を忘れて、ゆっくり体を休めてください。その中でエネルギーを回復してください」およそこのような意味の言葉が書かれてありました。

この文章を読みながら、ふと適応指導教室のことが浮かびました。適応指導教室は、子どもたちに「非日常」を与えるところです。その中でエネルギーを回復させ、日常であるところの学校に復帰させることが目的なのです。

次のような場面はどうでしょう。

教育実習などにいくと、クラスの中であまり陽の当たらないような子どもが異常になついてくることがあります。担任にもほとんどしゃべらない。笑顔を見せることもない。いつもぽつんとひとりぼっちを決め込んで集団の中に入ることもない。ところが、この子が教育実習生には不思議なくらい心を開くのです。周りが驚くほど多弁になり、自分から積極的に関わりを求めていきます。しかし、ここで勘違いしてはいけないのです。けっして、この実習生が担任より優れているのではないのです。

「担任に心を開かない子が、私にはなついてくれた。私の方が子どもの心をとらえる素質があるのではないか。教師としての力量が備わっているのでは」などと、うぬぼれるのは危険です。この子が実習生に求めたのは「非日常」だからです。実習生との非日常の交わりの中に変身を求めたのです。クラスでうまくいかない子どもが、「転校すれば人気者になれるのではないか」という幻想を抱くのと同じ論理です。

「非日常」を「日常」にいかに近づけていくか。それが大切なのだと思います。

鉛筆削り

作家の新田次郎さんの書かれた小説に次のような場面があります。

主人公と教官のウマが合わないのです。というより教官が主人公を毛嫌いしているかのようです。授業中に、教官が鉛筆の削り方を指導します。ところが、主人公の削った鉛筆を見ては、「削り方がなっていない。芯がゆがんでいる」と、ことごとく難癖を付けるのです。主人公は、何とか教官に気に入られようと、言われたとおりに削り方を直します。しかし、いくらがんばっても、教官の評価は変わりませんでした。

思いあまった主人公は、ある日、

「教官、この削り方はいかがでしょうか！」

と、やや挑発的に質問します。教官は、主人公の手にしている鉛筆を見るなり、

「何だ。この削り方は！　全くダメだ！」

と叱りつけます。すかさず、主人公は、

「教官、この鉛筆は教官が削ったものであります。私は、教官の机からこの鉛筆をもってきました」

と切り返します。これを聞いた教官は、真っ赤になって主人公を殴りつけます。

この教官の思考法は完全な「レッテル貼り」です。最初から「こいつはダメだ」と結論を決めておいて都合のよい材料を集めて頭ごなしに否定する。相手にどんな成長が起ころうともお構いなしです。これでは、相手は救われません。

事実をもとに評価したいですね。

VTR消去事件

「ああぁっ！　どうして消しちゃうの！」

悲鳴にも近い妻の声です。保存していたテレビ番組を私のミスで消してしまったのです。妻が怒るのも無理がありません。その番組には妻の父親が出演していたのです。

妻の怒りは一向に収まらず、このままでは離縁されるかも（冗談です）と恐れた私は、その番組を制作した某放送局に電話を入れました。保存ビデオがないかと、わらをもすがる思いでした。しかし、応対した若い女性の方はあまりにも事務的でした。

「ビデオやDVDは、ございません」

「本社にもストックはないのでしょうか」

「本社にはストックがありますが、一般の方にはお見せできません」

「実は、その番組に妻の父親が出演していたので何とか見つからないかと」

「いえ、できません」

もちろん正論です。でも、もう少し気持ちを汲んだ応対はできないのかと残念に思いました。収まらなかった私は、メールで「もう少し視聴者の気持ちに寄り添った応対はできないでしょうか。」と意見を送信してしまいました。

その夜です。広報責任者の男性から電話が入りました。それは、昼間の応対の不手際を詫びる内容でした。

「わあ、お義父さんが出られていたんですか！　それは残念でしたね。私も知り合いに録画した者がいないか尋ねてみます」

お話を聴く中で、もやもや感は次第に薄らいでいきました。人はそれ程わがままではありません。自分の気持ちを汲んでもらえたら、問題の半分は解決するのですね。

ちなみに数週間後、妻の実家にＤＶＤが送られてきました。

はじか梅

自宅の西側にある敷地の雑木林を伐採していた時のことです。繁茂した笹を刈り進んでいくと、一本の樹木が姿を現しました。

「何の木だろう」と樹皮を見ると紛れもなくそれは梅の木の低木でした。しかし、その梅の木からは何ともとげとげしい感じが伝わってくるのです。なぜ、そのように感じたかと言うと、幹や小枝など至る所から針のように鋭いトゲが無数に突き出ているのです。「はじか梅」という言葉が当てはまる異様な雰囲気なのです。ふつう、梅の木に、これほどのトゲはありません。まさに周りを拒絶しているという様子でした。

長年、笹の集団や他の樹木にさえぎられ、満足に太陽の光を浴びることもなく、誰からもその存在に気付いてもらえない。そんな過酷な環境が恐ろしいほどのトゲを生み出したのでしょう。鋭いトゲを身にまとうことで懸命に自己主張、自己保身をしていたのかも知れません。

私は、折を見ては、庭の片隅にある「はじか梅」の所に足を運ぶようにしました。二年後、はじか梅は二輪ですが花を付けてくれました。こうして数年が経ちました。不思議なことに、あれほど身をまとっていたトゲが今では跡形もなく消えてしまったのです。そして、今では、数多くある梅の木の中で、最も早く花を咲かせ、最も早く実を付けるようになりました。しかも、はじか梅は、一本の木で紅と白の二色の花を付ける珍しい品種であることに気付きました。

植物は太陽と栄養だけではなく、人の足音と言葉かけで成長が促進されることがあるという話を聞いたことがありましたが、樹木も感情をもっているのですね。

日の出、日の入り

「一年で最も日の出が遅いのは、また、日の入りが早いのはいつですか」

このように聞かれたとき、私は昔、

「それは、冬至（十二月二十二日ごろ）でしょう」

と答えていました。

確かに冬至は昼の長さは最も短い日であることに間違いはありません。しかし、日の出、日の入りの時刻はそうではなかったのです。

一年で最も日の入りが早いのは、何と十一月末から十二月上旬なのです。ですから、冬至のころは少しずつ日の入りが遅くなっているのですね。

逆に日の出が最も遅くなるのは、一月初旬から中旬にかけてでした。つまり、冬至の後も日の出はさらに遅くなっていたのですね（左表参照）。

ちなみに最も昼の時間が長い夏至（六月二十一日ごろ）でも同じことが起こります。思い込みとは怖いものです。何事も事実に照らして判断しなければならないと反省させられました。

表　日の出・日の入り時刻（平成29年　福岡）

項　目	最も早い時期（時刻）	最も遅い時期（時刻）
日の出	6月6日～6月20日（5時8分）	1月1日～1月15日（7時23分）
日の入り	11月30日～12月9日（17時10分）	6月26日～7月3日（19時33分）

大誤審

平成十二年に開かれたシドニー五輪、男子柔道百キロ超級。日本は世界選手権二階級王者、篠原選手が出場しました。圧倒的な強さで迎えた決勝戦。フランス選手の内股を篠原が鮮やかな内股すかしで切り返します。完全に相手は背中から畳の上に裏返しになりました。誰もが一本勝ちを確信した瞬間、主審は「有効」の判定を示したのです。

「一本じゃないか！」大きな動作でアピールする篠原選手。しかしそのまま試合は続行されます。「一本」が「有効」に。それでもリードに変わりはないからと試合を見ていますと、有効ポイントが相手選手に表示されているではありませんか。

「スコアが逆になっています。早く指摘した方がいいですよ」実況するアナウンサー。しかし、一向にボードの表示は変わる気配を見せません。「まさか先程の攻防を相手選手の有効と判断したのではないでしょうね」アナウンサーが不安そうに尋ねます。

「それはないでしょう。あの攻防を見極められないなら審判の資格はありませんよ！」

しかし、判定はフランス選手の優勢勝ち。まさかが現実となってしまったのです。

こうして、金メダルが確実視された篠原選手は無念の表彰台に上ることになります。顔を上げられない篠原選手。絶対に泣かない男が悔し涙を見せました。

この様子を伝えるＮＨＫの有働由美子アナウンサーの様子がおかしいのです。急に黙り込んでしまったと思ったら、何と泣いているのです。懸命に言葉を絞り出そうとしますが、くやしさのあまり言葉になりません。

アナウンサーとしては不適切かも知れませんが、有働アナウンサーの涙が日本人を慰めたのは事実でした。くやしい国民の気持ちに共感してくれたからです。気持ちを共感してもらえたら救われるのですね。

斎藤投手の活躍

かつて巨人軍のエースとして活躍した投手に斎藤雅樹という選手がいました（現巨人軍ピッチングコーチ）。

斎藤投手は、大変優れた素質をもっていたのですが、「ノミの心臓」とささやかれる程、気が弱いと言われ、入団して数年はあまり活躍できないでいました。

しかし、平成元年、再び巨人軍の監督に就任した藤田元司監督は斎藤投手にこう語りかけます。

「君のことを『気が弱い』などという人がいるが、私はそうは思わない。君は慎重なだけなんだ。私はそれを投手としての君の長所だと思っている。だから、自信をもってやってほしい」

この藤田監督の言葉に勇気を得た斎藤投手は、その年にいきなり二十勝の勝ち星をあげます。そして、その翌年も二年連続で二十勝をあげるなど、押しも押されもしない球界の大エースとして活躍していきます。

監督が選手の長所を指摘するのは当然のことです。それは、「よさを認める」指導です。しかし、藤田監督の言葉かけは、「よさと認める」指導となっています。つまり、一見短所と思えるものも見方を変えれば長所と見ることができるという考え方です。

しかし、さらに大切なのは、「よさをつくって認める」指導です。選手を鍛え、うまくできるようにして、それを認めていく。これは、単なる「ほめる」指導ではなく、「ほめ鍛える」指導だと言えます。

野口英世記念館

かつて「野口英世記念館」を訪れたことがあります。福島県の猪苗代湖畔に建つ立派な建物です。立派なのは建物だけではありません。中には野口博士の偉業をものがたる遺品等が至る所に展示されています。郷土が生んだ偉人の素晴らしさを後世に伝えようとする福島県人の心意気が伝わってきました。

おそらく、子どもたちも記念館で野口博士の足跡にふれ、「自分もあんなふうな生き方をしたい！」というあこがれと尊敬の念をいだいて帰るのでしょう。

もちろん、野口博士も完璧な人間ではなかったかも知れません。しかし、あえてそのマイナス部分を子どもたちに教える必要はないのです。そういうことは、子どもたちが大人になり大局的な判断ができるようになった時に「野口博士にもそんな人間らしい一面もあったのか」とふれさせればよいのです。

フジテレビでは、かつて『プロ野球珍プレー・好プレー』という番組が放送されていました。この番組のよいところは、「これでもプロか」という珍プレーで笑わせた後、必ず「さすがにプロだ。とても素人ではまねができない！」というファインプレーを見せて視聴者をうならせるところです。

しかし、日本は、あえて先人や自国の珍プレーを選んで報道してはいないでしょうか。これでは、子どもたちに元気が生まれるはずはありません。青少年国際意識調査で日本の子どもたちの自尊感情が極めて低いのも、このことが一因かも知れません。

自分のふるさとや先人に対する誇りは、子どもたちの心の中に目に見えない生きるエネルギーを育むと考えています。

言葉がけ

以前、耳にしたアメリカでのお話です。

ある小児病棟に三歳の少女が入院してきました。少女は身長、体重が一歳児並み、言葉もまったくしゃべれませんでした。しかし、どこにも障害はないのです。医師は少女の両親が一度も面会に来ないことに気付きました。医師は両親の家を訪れました。両親は大学院のエリート中のエリート。ちょうど、論文執筆の真っ最中でした。

母親は言いました。

「この論文がうまくいけば世界中のどこへ行ってもエリートとして受け入れられます。だから論文ができた後で子どもを作りたかった。我が子は間違って生まれてきたのです。今は面倒を見る暇がありませんから、もう少し預かっていてください」

病院に戻った医師は、少女を病棟から日当たりがよく、人の行き交う廊下にベッドごと移動させました。そして彼女の頭上に大きな張り紙をしました。

『あなたがここを通るとき、急いでいるならば私の名前を呼んでほほえみかけてください。もし少し時間があるなら、立ち止まって私の名前を呼びかけ、私を抱き上げあやしてください。もし、あなたに十分なゆとりがあるなら私を抱き上げ、ほおずりをしてあなたの胸と腕の温かさを私に伝えてください。そして、私と会話をしてください。』

すると、そこを通る医師や看護師はみんな足を止めて、ほほえみながら少女の名前を呼び、抱いたりあやしたりしました。

こうして一週間が過ぎたころ、少女はほほえむようになりました。そして、三カ月後少女の体重は三歳児の標準に近づき、言葉も急速に覚えていったそうです。

具志堅用高十三度目の防衛戦

　ボクシングの世界チャンピオンで具志堅用高という選手がいました。十三回も世界タイトルを防衛したボクサーです。日本では、いまだにこの記録は破られていません。昭和五十五年十月二十六日でのタイトルマッチのことです。その日も、具志堅選手は出だしが順調で、序盤で早々とダウンを奪います。

「具志堅。早すぎるぞ！」

　客席から余裕の歓声が上がります。あまり早く試合が終わっては面白くないというぜいたくな声援でした。それほど、具志堅は強かったのです。

　すぐに具志堅のノックアウト勝ちで終わると思われた試合は、意外な展開を見せ始めます。挑戦者が、徐々に調子を取り戻し始めたのです。終盤に入ると具志堅の劣勢は素人目にも明らかでした。結局、倒れることはなかったものの形勢不利のまま試合は判定にもちこまれました。会場に緊張が走ります。

「勝者、具志堅！」

リングアナウンスに、安堵と喜びの入り交じった歓声が沸き上がります。具志堅用高十三度目のタイトル防衛の瞬間でした。

「いやあ、危ない試合でしたね」と話すアナウンサーに、

「いえ。トータルでは具志堅が勝っていますよ」と解説者は冷静に答えました。

そうなのです。どうしても人間は後半のがんばりに目がいきがちです。ボクシングの判定は、合計ポイント制ですから、この試合も前半の貯金がものを言って、三対〇での判定勝ちでした。印象だけで物事を判断するのは怖いことですね。

ビタミンNO!

学校を訪れた地域の方が、下駄箱の靴を見て「すごくきれいですね。とっても感動しました」と言って帰られました。赤小学校では「あいさつ、返事、はき物そろえ」を大切に指導しています。子どもたちは、自分の靴をそろえる習慣がかなり身に付いてきたようです。

「靴が散らかっている方が子どもらしいのでは」「靴を一律にそろえさせるのは個性を失わせる管理教育では」などという、子どもにおもねるような意見があれば、今の下駄箱の状態はけっして実現できなかっただろうと思います。

ある本(註1)で読んだのですが、今の子どものしつけにはビタミンが不足しているというお話がありました。中でも、最も不足しているのが「ビタミンNO《ノー》!」。子どものわがままをはねつけるビタミン不足なのだそうです。つまり、子どもの考えや意見をあまりにも尊重しすぎて指導をためらい、結果的に基本的な生活習慣が身に付いていないまま成長している子どもが少なくないということでした。

小学生は、自我が確立しておらず情緒が不安定な段階にあります。口では「もう子どもではない」と強がっても心の奥底では大人に「壁」となってもらうことを期待し、毅然とした判断基準を求めたがる存在です。

もし「今日は何となく学校に行くのが嫌だなあ」と登校をしぶったりした時には、「だめよ！　学校に行ったら元気が出るから。さあ歩きなさい」と愛情たっぷりの「ビタミンNO！」を降り注いであげることが必要なのでしょう。

（註1）金美齢『鬼かあちゃんのすすめ』から。

必須アミノ酸

とある教室の風景です。担任教師が、次のように言いました。

「今から予定を変更して、体育の授業をします」

「やったああ！」

子どもたちの歓声が教室中に響きわたります。中には、ガッツポーズで喜びを表現している子もいます。しかし、担任は見逃しません。歓声の陰に隠れて複雑な表情を浮かべている子どもがいることを。

子どもたちにとって体育の授業とは大変魅力的なものです。多くの子どもが好きな学習の筆頭にあげる教科です。しかし、クラスの中には5％くらい、「体育より図書室で本を読んでいたいな」と、秘かに思っている子どもが存在するということです。

だからと言って、「そうか。君は体育の授業が苦痛なのか。それも君の個性だ。受けなくていいよ」なんていうことにはけっしてなりません。小・中学校は義務教育です。あらゆる学習の基礎・基本を培う時代です。このため、「知・徳・体」の調和のとれた成長が不可欠となります。

必須アミノ酸という物質があります。人間が生きていくためにはなくてはならない物質です。これは、体内で作ることが出来ないため、いやがおうでも外から摂取しなければなりません。世の中には「好きでなくても、したくなくてもやらなくてはならないもの」が必ず存在します。これは、「自分の個性に合わない」という耳障りのよい言葉でごまかすことの出来ない真理です。

「世の中は95％以上自分の思い通りにはならない」ということを子ども時代から体感させるべきだと考えています。

座標軸

学生時代、「子どもの成績と性格」というテーマで調査を行ったことがありました。「成績のよい子は、性格もよいと評価されるのに対して、成績がかんばしくない子は性格までもマイナスの評価をされているだろう」という、恐ろしいほどの思い込みに満ちた仮説をもっての調査研究でした。そんなある日、

「成績によって性格まで不当な評価を受けているのは理不尽ですよね」

と勢い込んで話す私に、指導教官のH教授は、

「決めつけていいのかな？　成績のよい子で性格のよい子もいるんじゃないのかな」

と冷静に返しました。その時は、なかなか納得できなかったのですが、今ふり返ると、H教授は、「二元論」の怖さを諭してくださったのだと思えます。

そうなのです。「成績と性格」はけっして二者択一で論じられるような対立概念で

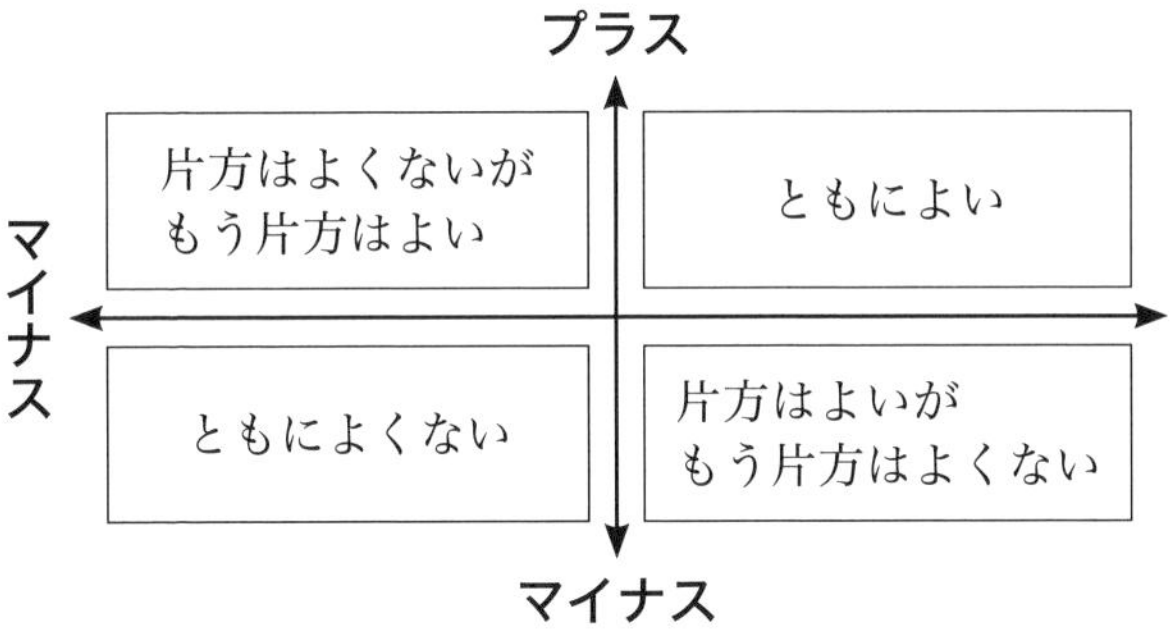

【座標軸】

はなかったのです。

算数・数学の世界では「座標軸」という考え方があります。二つの要素を、それぞれプラスとマイナスの方向から四つのカテゴリーで分類する考え方です。この座標軸を用いると「成績と性格」を二元論で強引に分類することのおかしさに気付かされます。

「この世には二者択一で分類してはいけないものが存在する」

算数・数学は、偏った考え方を排し、世の中を冷静に見つめる眼を鍛えます。

ピア・サポート活動

あるとき、岐阜県の小学校に勤めておられるM先生とお話しする機会がありました。大変雪深い地方の出身らしく、昔から五十センチ以上雪が積もることも珍しくなかったそうです。その日、M先生は小学校一年生の時の思い出を話してくれました。

> 大雪が降った日は、必ず六年生が家まで迎えに来てくれるのです。そして、その六年生が「俺の背中につかまれ」と言って雪道を歩き出すのです。私は六年生の背中にしっかりとくっつきながら歩きます。その時「六年生は大きいな。六年生は強いな」とあこがれと尊敬の気持ちで六年生の背中を見つめていました。

この話のように、昔は地域にガキ大将がいて年の違う子どもたちが群れて遊んでいました。実は、この「群れ遊び」がとっても大切だったことが最近多くの人から指摘されています。当時の子どもたちは地域や家庭での遊びや生活の中で社会力の基礎を培う体験をすることができたのです。その中で、けんかをしたときの仲直りの仕方、互いの意見の上手なすりあわせ方、相手を傷つけずに自分の思いを伝える方法など、社会生活を送る上での大切な技術を身に付けることができていました。ところが、少子化や核家族化などの影響もあって、これらの技能が不十分なまま学校に入っている子どもが多くなり、このことが不登校などの問題にもつながっています。

ピア・サポート活動は、六年生が中心となって下級生のお世話をする中で、六年生は「自分が役に立っている」という気持ちを味わい、下級生は「あんな六年生になりたいな」というあこがれをいだきます。六年生を中心とした縦のつながりに支えられた学校づくりをしようとする取り組みです。

共感

ある二十代の若い女性のお話です。その女性は大病を患い、いよいよ明日は手術を受けます。命にかかわるかも知れない重要な手術です。その女性の不安を和らげようと三人の医師が次のように言いました。

A医師「手術は全身麻酔で行います。眠っているうちに終わりますから心配要りませんよ」
B医師「実は先日あなたと同じ手術を受けた方がいましたが、すっかりよくなってもう退院されましたよ」
C医師「不安はよくありません。我々はプロなのですからどうぞ安心して任せてください」

さて、どの医師の言葉が女性の不安を取り除いたでしょう。

実は、その女性は三人の医師の言葉を聞いて、ますます不安になってしまったのです。

しかし、D医師は違っていました。D医師は部屋に入ってくると、

「あなたは今、不安で不安で仕方がないのですね」

と言いました。すると、その女性は「わあっ」と声をあげて泣き始めました。D医師は何も言わずに、その間ずっと女性の手を握ってあげたそうです。しばらくすると、その女性は、

「先生分かりました。明日はよろしくお願いします」

と答えたのです。D医師は何の励ましも忠告もしていません。ただ、気持ちを汲んであげただけなのです。でも、その共感的理解がその女性に手術を受けとめる勇気を与えたのです。

四天王

仏教の教えの中に「マンダラ図」というものがあります。「マンダラ図」は宇宙を表すと言われ、その図の中には「四天王《してんのう》」と呼ばれる四人の神様がいて、東西南北の入り口を守っています。東から順番に「持国天《じこくてん》」、「増長天《ぞうちょうてん》」、「広目天《こうもくてん》」、「多聞天《たもんてん》」です。この四人の神様には、それぞれ役割があり、その力が十分に発揮されるとき、宇宙は生き生きと輝くのだそうです。これは、教育にも関係の深い話です。

東を守る「持国天」は、ハード面を受け持ちます。学校では校舎や施設設備にあたります。南に位置する「増長天」は、子どもの能力を引き出すという意味で、学校では教職員にあたります。西にいる「広目天」は、広い視野から子どものよさを認める働きを受け持ちます。北側に位置する「多聞天」は、子どもの声をたくさん聞く役割を果たします。話をたくさん聞いてもらえた子どもは情緒が安定し、力を発揮できるということです。

私たちは「多聞天」、「広目天」でありたいと思います。子どもたちを多様なものさしで評価し、子どもの「よさを認める」と同時に「よさと認める」ことを大切にしたいと考えています。

「よさ」とは、単に勉強が得意、運動能力に優れるというだけではなく、「笑顔を絶やさない」「爽やかなあいさつができる」「掃除が上手」「人の失敗を責めない」など、ややもすれば見過ごされがちな子どもの立ち居振る舞いを「よさ」と価値付け自信をもたせていく営みです。教師のもつものさしが多様であればあるほど、輝く子どもは多くなるはずですね。

生徒指導の方程式

表　生徒指導の方程式

子どもの姿	教師のかかわり	結果
「＋」	(＋)	「＋」
「＋」	(－)	「－」
「－」	(＋)	「－」
「－」	(－)	「＋」

上の表は、「生徒指導の方程式」と呼ばれるものです。教師のかかわりによって、子どもがどのように変化するかを表したものです。子どもの姿の「＋」の記号は子どもの長所を、「－」の記号は子どもの短所を表します。また、教師のかかわりの「＋」の記号は、子どもの姿に対して何らかの刺激を与えることを、「－」の記号は特別に刺激を与えない（そっとしておく）ことを表します。後は、簡単な正と負のかけ算を解くだけです。

その結果、子どものよさを評価した場合は、「＋」×「＋」＝「＋」に、短所をそっとしておいた場合は「－」×「－」＝「＋」

となります。逆に、よさを無視した場合は「＋」×「－」＝「－」に、短所を刺激した場合（たとえ善意からでも）は、「－」×「＋」で結果として「－」になることを示しています。

世の中には「活用性肥大の法則」というものがあるそうです。よく使うところはどんどん成長していくということです。つまり、長所でも短所でも扱えば扱うほど肥大していくのです。

もちろん、子どもの言動をすべて認めようと言うのではありません。しかし、ある子どもが問題行動等を起こした場合、頭ごなしに怒鳴りつけるのと、その子の言い分（言い訳ではない）を聴いた上で叱るのとでは子どもの反応が明らかに違ってきます。自分の気持ちを汲んでもらえたら自己反省と他人への思いやりが生まれてきます。

王選手の「はいっ！」

王貞治さんが中二の時です。王少年の試合を毎日オリオンズの荒川博選手が見ていました。本来は左利きの王少年は、なぜか右バッターボックスに入っているのです。

「君は左利きなのに、どうして右で打っているの？」

「はい。兄が右打ちなので僕も右で打っているんです」

そう答えた王少年に荒川さんは、

「いや、左で打った方がいいと思うよ。君、左で打ってごらん」と助言します。

「はいっ！」素直に応じた王少年は、いきなり二塁打を放ちます。この時の王少年の「はいっ！」という素直な返事が、王少年の運命を変えることになるのです。

五年後。巨人軍に入団した王選手は三年間満足な成績を残せずにいました。ところが、昭和三十七年、運命の出会いが訪れます。荒川さんが打撃コーチとして入団するのです。王選手のフォームを見た荒川さんは、バランスの悪さを見抜きます。

「王、一本足で打ってみろ！」

その日から荒川コーチと王選手との血のにじむような一本足打法の特訓が始まります。荒川コーチ宅で深夜に至るまで日本刀を使っての打撃練習。新しい畳が一週間ですり切れる過酷さだったと言います。

そして、運命の昭和三十七年七月一日の大洋戦。一本足打法で振り抜いた打球は右翼席に突き刺さります。この日から、世界のホームランキングの歩みが始まるのです。本塁打王十五回、生涯本塁打八六八本。この世界記録は四十年間破られていません。

後日、荒川さんは、「あの日の王少年の『はいっ！』と言った素直さ。あの一言で『この男を何とかしたい！』という気持ちに駆られましたね」と述懐しています。

四分の一の神話

「お母さん。聞いてよ！」

「何よ。いきなり。どうしたの？」

帰宅したA君は興奮気味です。A君は母親にまくし立てます。どうやら学校でふだんは仲のよいB君と派手なけんかをやらかしたようです。

「ぼくは二回くらいしかたたいていないのに、Bちゃんは八回くらいたたいた！」

この言葉を額面通りに受け取ると、A君はB君から四倍やられたことになります。

「何てことを！　すぐB君の家に電話しなくちゃ。倍返しよ！」

こういう言葉を期待したA君でしたが、母親の反応は違っていました。

「そうかしら。よく思い出してみて」

母親の冷静な言葉に、A君は学校での出来事をふり返ることができました。

そうなのです。子どもは（もしかすると大人も）無意識のうちに自分がされたことは拡大して受け止め、自分が相手にしたことは控えめに記憶する傾向があるようです。

ですから、この日のけんかも、

「ぼくは二回（実は×二で四回）くらいしかたたいていないのに、Bちゃんは八回（実は÷二で四回）くらいたたいた！」実際は対等にやり合っていたのです。

これが、「四分の一の神話」ということです。

子どもを信じてあげることは大切です。しかし、それは子どもの言い分を鵜呑みにするということではありません。子どもの言い分が伝言ゲームされていくうちに、いつしかとんでもない虚像が独り歩きを始めるのは大変危険なことだと考えています。

白い帽子事件

担任時代の話です。ある朝、N子の日記に驚くべきことが書いてありました。

「先生はずるいです。えこひいきをするからです。それが証拠に先生は運動会の練習の時、白い帽子をかぶっています。私は紅組で赤の帽子なのに、これは差別です」

もちろん言いがかりです。当時、教師全員が白い帽子をかぶっていたのです。

「何て馬鹿なことを」早速注意をして誤解を解こうとしたのですが思い直しました。

「しっかりした子である。まさか白い帽子が原因ではあるまい。何か奥にあるはずだ」

そう思った私はN子を相談室に呼びました。

「帽子のことを書いていたけれど本当は先生に言いたいことがあるんじゃないの？」

何か言いたげでしたが、N子は黙っています。

「Aさんのこと？」

「……はい。先生は女心がわかっていません」

そう言ってN子が話し始めたのは次のような内容でした。クラスにAという女子がいました。A子はK男が好きなのです。しかし、K男は別のM子と仲がいいのです。これが気に入らないA子は、何かとM子につらく当たるのでした。

「先生はAさんに厳しくするけど、Aさんには人生の大きな問題（恋）が起こっているんです。Mさんにきついことを言うのは恋が原因なのに先生はわかっていません」

「知っていたよ。Aさんが K君を好きなこと。そして、Mさんにつらく当たる理由も。Aさんの気持ちは分かるけど、それはAさんのためにならないから、先生はAさんに厳しくしていたんだ。でも、よく話してくれたね。ありがとう」

理不尽に見える変化球を駆使して、子どもはメッセージを発しているのでしょう。

心を受け止める

皇室に関することで、保護者の方から大変不思議な話を聞きました。

皇太子妃雅子様の旧姓は「小和田雅子」、秋篠宮妃紀子様の旧姓は、「川嶋紀子」。

これをひらがなで書いて、お二人の名前の文字を対角線でつなぎます。(左図参照)

すると、とても不思議な現象が起こります。

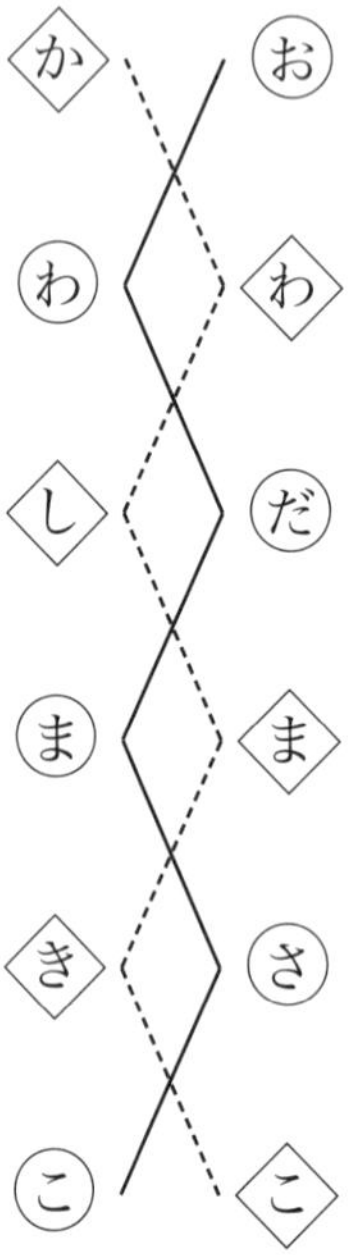

私は、このことを誰かに伝えたくて、次の日早速、N教頭先生にお話ししました。

「ええっ。本当！　すごいですね！　鳥肌が立ちましたよ！」

話を聞いたN教頭先生は、心から私の話に共感して驚いてくれました。

嬉しくなった私は、S先生にもその話を伝えました。ところが、その先生の口から
出たのは、

「ああ、その話ですか。知ってますよ」

という冷めた反応でした。私の先程の気持ちは一瞬のうちにしぼんでしまいました。

人は、話を聞いてもらいたいだけではなく、気持ちを受け止めてほしいのですね。

「お母さん、知ってる？　イチゴはね、熟れる前に実が真っ白になるのよ」

と子どもが言ったら、

「知ってるわよ。そんなこと覚えてどうするの。テストに出ないでしょ」と言わずに
「あら、そう。すごいこと発見したのね」と気持ちを汲んであげたいですね。

もしかして、N教頭先生は例の話を知っていたのかも知れませんね。

笑顔の裏側

六年生を担任していた時のことです。昼休み、数人の男子が一人の女子R子を囲んでふざけていたはずみに、男子の腕がその女子のお腹に当たってしまったのです。その女子はその場にうずくまってしまいました。

「大丈夫です」

その女子はこう言ったものの、当たった場所が場所だけに病院に連れて行くことになりました。

ところが、当の男子たちは、一向に心配しているそぶりがありません。それどころか、時折笑顔をみせる始末。これには、がまんできず私は声を荒げました。

「今君たちがすべきことは何か。Rさんの体のことを心配することだろうが。それなのに、何だその態度は。もっと心配しろ！」

男子たちは神妙な表情を浮かべました。幸い、その女子は大したことはなく、数時間後には元気に学校に戻ってきました。

しかし、この日の男子たちの笑顔の意味に気付いたのは、それから何年も経ってからのことでした。

あの日、男子たちはけっして心配していなかったわけではないのです。逆にR子の体のことが心配で仕方がなかったのです。その心配を打ち消そうとして、懸命に明るく振る舞おうとしていたのでした。

子どもの言動の裏側をおもんぱかれる教師でありたいと思います。

よさを認める

スリーヒントクイズです。次のア、イに当てはまる元プロ野球選手は誰でしょう。

ア
ア 世界のホームラン王
イ 二年連続の三冠王
ウ 国民栄誉賞

イ
ア 投手として通用しなかった
イ 足が遅い
ウ 一年目の打率一割台

アは、お分かりのように王貞治氏です。それではイは誰なのでしょう？　実はこれも王貞治氏なのです。アは王監督の「よさ」をイは逆の面を示したものです。
「王監督を紹介する時、どちらを選びますか」と問われたら、誰もがアを選ぶはずです。しかし、子どもに接する場合、私たちは果たしてアを選んでいるでしょうか？

ある子に対して、Aさんは「あの子は想像力が豊かで社交的だ」と評価しました。Bさんは「彼はうそつきで八方美人だ」という目で見ています。どちらが子どもに生きる力を与えるかは言うまでもないことです。Aさんには、「**よさと認める**」姿勢があります。見方を変えることで、短所だと思っていたものが「よさ」と見えてくるという考え方です（表参照）。

よさを見いだせる教師でありたいと思います。

表　けなし言葉・ほめ言葉

けなし言葉	ほめ言葉	けなし言葉	ほめ言葉
すねる	自分を大切にする	くそまじめ	誠実
大げさ	表現力に富む	物好き	好奇心がある
神経質	几帳面	そそっかしい	行動が早い

花束

六年生を担任していた十月、先輩のI先生が突然亡くなりました。葬儀には、六年生全員が参列しました。H男の涙の弔辞が終わり、子どもたちは帰っていきました。籠に飾られていた花を携えて。

学校に戻ったのは夕暮れになっていました。校門を入ると花が置かれています。一カ所ではありません。はっと気付きました。すべてI先生に関係する場所でした。I先生の駐車場所。百葉箱（I先生は気象委員会）。職員室に入ればI先生の机の上に。

「この花どうしたんですか？」

「六年生の子どもたちが先程置いていったんですよ」

M用務員さんの言葉です。花は子どもたちの「仕業」でした。

「先生が指示していたの？」

「いいえ。何も……」

胸が熱くなり、K先生の質問にそう答えるのがやっとでした。

それから五カ月後。卒業式が行われました。小俣校長先生の式辞が始まりました。

「半年前、I先生が亡くなりました。葬儀の後、皆さんが花を持って帰るのを見て、校長先生は家に持って帰るのだろうと思っていました。ところが、学校に戻るとI先生に因んだ場所に花が置いてありました。花を持って帰った訳が分かりました。何と優しい六年生だろうと感激してしまいました。担任の原田先生はその時のことを短歌に詠まれています」

そう言って、小俣校長先生は二度にわたって私の作った短歌を詠んでくださいました。

亡き師《ひと》の　思い出多き　かの場所に　花を供えし　やさしや我が子

その子たちも今年四十九歳を迎えます。

メ　ダカが鯨に

Eさんという方から電話が入りました。それは、授業の進度を心配する内容でした。

「A組は授業がとても遅れているそうですね。社会科は半分しか進んでないというじゃないですか。大丈夫ですか！」

早速、事実を確認しました。結果は意外なものでした。三学級の中で指摘のあったA組が一番進度が早かったのです。いい加減に授業がなされていたのでもありませんでした。なぜ、こんな噂が広まったのでしょうか。

それは、次のような経緯でした。

ある日、社会科の授業中、A組担任のY先生は授業内容に絡んで雑談を挟んだそうです。それを家に帰った学級の子どもが次のように両親に話したのです。

「先生がとても面白い話をしてくれたよ。でも、授業が遅れないかなと思ったけど」

この言葉が、伝言ゲームのように伝わるうちに変身を起こしてしまったのです。

①「先生が雑談をして、授業が遅れるのではと子どもが心配していた」
②Aさん「Y先生は雑談が多く、授業が遅れているらしい」
③Bさん「Y先生のクラスは授業が半分も進んでいない」
④Cさん「私もBさんからその話を**聴いた**わ」
⑤Dさん「私もCさんからそんな噂を**耳にした**わ」
⑥Eさん「**みんな**がそう言っている。自分が一肌脱いで学校に掛け合おう」

誰も事実を確認していません。又聞きが繰り返される中で尾ひれがつき、いつしか「メダカが鯨」に化け「真逆の虚像」が独り歩きをしてしまったのです。噂や不確かな情報を紡ぎ合わせるのは怖いですね。事実に基づいて判断したいと思います。

化ける

今では、餅つき風景を目にすることも少なくなりました。かつては、年末や旧正月を迎えるころになると、どの家からも「ぺったん。ぺったん」と餅つきをする音が聞こえたものです。

数年前、自宅で餅つきをした時のことです。この日は、本格的に臼にふかした餅米を入れ、杵を使って昔ながらの方法でつきました。

最初は杵で餅米をすりつぶし、徐々に力を加えて杵を振り下ろします。しかし、なかなか餅米はしぶとく粒が残っています。実際に餅つきをされた経験のある方はお分かりでしょうが、この粒は少しずつ消えていくのではありません。ある瞬間、粒は一瞬にして姿を消し、見事な餅に変わります。正に「化ける」瞬間です。

物事には、なかなか変化が見られなくても、ある時点を境に飛躍的に成長する瞬間

（沸点）が存在するのだそうです。しかし、往々にして、努力をしても変化が見られないために「化ける」一歩手前でその努力をあきらめてしまうことが多いようです。

昔からの格言やことわざ等の中に、「百」を使ったものが少なくありません。「百戦錬磨」、「お百度参り」、「百鬼夜行」、「読書百遍意自ずから通ず」。いかがでしょう。仏教で言う「百箇日」もそのたぐいでしょう。

物事は、百日（回）続けると変化を始めるもののようです。ある学者によると、「脳が変化を受け入れるのにだいたい百日くらいかかる」らしいのです。

水も加熱すると湯に変わり、百度で沸点を迎え液体から気体へと質が変化します。「化ける」ためには、継続量が必要なのですね。

花園

今から五十年以上も昔、私が小学校時代のお話です。

当時私が通っていた弁城小学校の三年生は二クラス編制でした。私のクラス、三年一組の担任はH先生、二組はK先生でした。

それは、国語科の『アフリカのたいこ』という物語の授業のことでありました。その物語の中で「花園」という新しい漢字がありました。わが担任のH先生は、それを「かえん」と読むように指導されました。ところが、お隣のK先生は「はなその」と読ませていたのです。子ども心に私は「どっちが正しいのだろう」と迷いました。

「そう言えば『秘密の花園』という本があったな。やはり『はなその』が正しいのでは……」そう思った私は、家に帰って、

「ねえ。花園は『かえん』と読むの、それとも『はなその』が正しいの？」

こう両親に尋ねたのです。すると両親は、

「H先生は、何とおっしゃってるの？」と言います。

「H先生は『かえん』と読みなさいと言っているよ。でも……」

「それなら、『かえん』が正しいに決まっているでしょ。先生がそうおっしゃるなら間違いありません！」

両親は私の言葉を遮るように口をそろえて断言したのです。

「そうか。先生に間違いはないんだ。先生はやはり偉い人なんだ」そう思いました。

子どもは「好きな人」「尊敬できる人」「あこがれる人」の言うことを見習おうとするものです。今思えば、私の両親はこのようにして先生の偉大さをすり込もうとしたのかも知れません。そして、それは、私にとってとても幸せなことでありました。

やってこない天ぷらうどん

　お正月に神社にお参りしました。ちょうど、昼食の時間に差し掛かったので帰りに母と妻の三人で参道の食堂に入りました。食堂は大勢の参拝客でごった返しています。三人とも天ぷらうどんを注文しました。しばらくすると、二人分だけが運ばれてきたのです。

「どうせ、自分の方が食べるのが早いから、先に食べてていいよ」

　私は母と妻に先に食べるように勧めました。

　しかし、三人目のうどんはなかなかやってきません。混雑のあまり店員さんが数を聞き間違えていたらしく、うどんが運ばれてきたのはかなり時間が経ってからでした。

　母は、先に手を付けたものの、その間中どうしても落ち着かない様子でした。

　妻はと言えば「そのうち来るわよ。第一、お正月は食べ過ぎているのだから、一食ぐらい抜いてもいいんじゃないの」とでも言いたげで、遅れを一向に気にかける様子もなく黙々と箸を進めています。これは、けっして妻が冷たいわけではないのです。

今の日本では「食べられない恐怖」はまず存在しません。その日の出来事でも、万が一うどんがやってこなければ再度注文すればすむ話です。つまり、私が食いっぱぐれる心配は全くないのです。

しかし、それが分かっていても、母親というものは子どもより先に食事をすることができないのです。まずは子どもに満腹感を味わわせてからやっと自分が食べ始める存在なのですね。それは、我が子が五十歳になっても同じのようです。これは、理屈ではありません。母親が本能的にもっている母性のなせる業なのでしょう。

父が座っていた場所

ファンタジックなお話です。

主人公のYさんが家を新築しました。引っ越しの日、Yさんは大きな食台の前の椅子に座っています。そこは、今は亡きYさんの父親が座っていた場所でした。Yさんの印象に残っているのは、いつも家族を見つめていた父親の姿でした。しかし、子どものころはそんな父親がうとましく反発してばかりでした。そして、高校卒業と同時にYさんは家出同然に父親の下を去ってしまいます。

それから三十年の月日が経ちました。今、Yさんは当時の父親と同じ年齢になり父親の座っていた場所に腰掛けると、当時の父親の気持ちが分かるような気がしてくるのでした。結局、Yさんはその古い食台を捨てることができずに新居に運び込みます。

新居に着いたYさんは食台の前の椅子に座っています。突然、場面は広い草原に変わり、向こうから亡くなった父親がやってきます。父親は穏やかな笑顔でYさんの前に座り、二人は数十年ぶりに会話を交わします。Yさんは父親に話しかけます。

「昔は、よく父さんに反発していたね。でも、今になって考えると、当時の、父さんの気持ちが、分かるような気がするよ。それにしても、親不孝な息子だったよね」

とぎれがちに話すYさん。その言葉を聞いていた父親は、

「何を言うんだ。お前はね。お前は、父さんの子どもとして生まれてきてくれただけで、それだけで十分に親孝行だったんだよ」

こう言い残して、再び草原の彼方へと消えていきました。

父親の言葉は無条件の愛です。無条件に自分の存在を認めてもらえた子どもは情緒が安定します。子どもの成長にとってまず大切なのはこの無条件の受容なのでしょう。

お母さんの詩

感動的な詩を目にしました。自分を支えてくれた母親のことを綴ったある少女の詩です。その一部を紹介します。

わたしのこと「たからものよ」と、いってくれる　おかあさん。
いつも　わたしの　耳に　なって　くれる。
なんでも　わたしに　おしえて　くれる。
小さいときは、「おかあさん。」って　いえなかった。
～中略～
はじめて　わたしが「おかあさん。」って　いえたとき
おかあさんは　ワーワー　なきました。

～後略～

言葉に遅れのあった我が子を懸命に支えた母のことを歌ったものです。親とはありがたいものですね。興味のある方は、全文を読まれたらいかがでしょう。

出典は高田敏子篇「詩集　おかあさん」（『新版　国語わかる教え方5年』倉沢栄吉編　国土社　１９８０年5月16日　２２８～２２９頁）です。

さて、五月五日は「こどもの日」です。その定めについて、意外と知られていない部分がありますので紹介します。

☆こどもの日

こどもの人格を重んじ、こどもの幸福をはかるとともに、**母に感謝する。**

分

母と分子

三年生では「分数」の学習が始まります。単位を表す「分母」、個数を表す「分子」という言葉を学びます。三年生ではローマ字も学習します。ローマ字では「aiueo」を「母音」、「kstnhmyrw」を「子音」と呼びます。お気付きでしょうか。両者とも「母と子」です。「父」は登場しません。他にも「母」が活躍する言葉に「母国語」「母校」「母港」等があります。「父国語」「父校」等は使いません。かつては、「父兄」という言葉でかろうじてバランスを保っていましたが、この言葉も使わなくなりました。

かつて我が家に「マイケル」という名のオス猫がいました。十四歳まで生きていました。家の中で飼っていたのですが、彼の特技は「脱走」。スキを見ては屋外へ脱走しようとします。妻はマイケルを大変かわいがりました。マイケルは餌を与え面倒を見てくれる妻のことを自分の母親と思い込んでいたらしいのです。

ある時、妻が三日間家を空けることになりました。ところが、この三日間マイケルは、一向に外に出ようとしなかったのです。いくらでもそのチャンスはあったにもかかわらず、じっと家の中の一点を見つめるばかりで、何とも元気がなかったのです。「もしかして、体調でも悪いのでは」と心配しましたが、何のことはなく、妻が帰宅するとたちまちいつものマイケルに逆戻り。思いっきり外に飛び出していきました。

不思議なものですね。いくら外を放浪していても、いつでも帰宅すれば自分を温かく受け止めてくれる港があるという安心感があって、初めて積極的に活動的になるものなのでしょう。ちなみに、いくら私が家を空けてもマイケルはこんな反応は示しませんでした。いつもと変わらないのです。

「母性」は偉大ですね。

第四章

授業はすべて人間形成

「教師である前に人間であれ」という言葉に甘えてほしくないのです。世の中は教師が人間だから給料を払っているのではありません。素人が決してまねのできない授業を通して子どもたちに将来に生きて働く確かな学力を身に付けさせる、その専門性に給料を払っているのでしょう。

教師の守備範囲

元広島カープの衣笠祥雄さんの講演を聴く機会がありました。「野球から学んだこと」という演題で九十分。話の構成、話術もすばらしく、さすが国民栄誉賞に輝いた方だと感じました。

さて、衣笠選手は現役時代どこを守っていたか覚えていますか。衣笠選手は三塁手でした。つまり、サードゴロをさばくのが彼の専門でした。当たり前です。三塁手はサードゴロを処理すればよいのです。

しかし、今の学校はどうでしょう。三塁を守っていると仮定して、果たして我々はサードゴロに専念できているでしょうか。年々守備範囲が広げられ、ショートゴロはおろか、セカンドゴロまで責任を負わされようとしているのが今の教師ではないでしょうか。はじめから無理な話です。当然ショートやセカンドまで気を回しているとサードベースはおろそかになります。かと言って、サードゴロをエラーすると徹底的にたたかれます。マスコミで報道されるのは基本的に教師の珍プレーだからです。好プレーが報道されることはまずありません。

学校は、教育を施す機関です。その中心はあくまでも一時間一時間の授業です。その授業において子どもたちに学ぶことの喜びと将来に生きて働く確かな学力を身に付けさせています。もちろん連携は大切ですが、真の連携を実現するには、まずそれぞれが自分の守備位置できちんと責任を果たすことが大前提です。ムードや雰囲気に流され、イベント連携に追われたり、教師の本業である授業がおろそかになったりするのでは本末転倒です。

今こそ、教師は、自分の守備位置を明確にする時期なのです。

納得解

広中平祐という数学者がいます。数学のノーベル賞とも言われるフィールズ賞を受賞した世界的な大学者です。この広中さんが、インタビューで、「なぜ自分が数学を好きになったか」という思い出を語ったことがあります。

それは、広中さんが高校生の時の話でした。

ある日、数学のテストが行われました。難しい証明の問題で、広中さんの答えは正解ではなかったそうです。ところが、答案が返された日のこと。答案には百点がついているではありませんか。

「先生、これは採点間違いではないですか」

と尋ねる広中さんに、数学の先生は次のように言われたそうです。

「確かに君の答えは間違ってはいる。しかし、君が答えを導き出そうとした考え方の筋道は大変素晴らしいものだ。だから、私は君の答案に○を付ける」

この瞬間です。広中さんは数学がたまらなく好きになってしまいました。こうして、世界的な広中博士が誕生していくのです。

広中博士の解答は「正解」ではありませんでした。しかし、確かな筋道に支えられた「納得解」でありました。

正解だけではなく納得解を大切にした授業づくりを目指したいと思います。

それを言っちゃあおしまいよ

担任時代のお話です。その日は、お楽しみ会を催しました。それは、クイズの場面です。ある児童が次のような問題を出しました。

「もし、今、豊臣秀吉が生きていたらどうなるでしょう」

なかなか手強い問題です。尋ねられた子どもたちも「何だろう」と真剣に考え始めました。ところが、出題者の児童は、

「人口に関係あるね」

と言ってしまったのです。まさに、「それを言っちゃあおしまいよ」の世界です。しかし、この場合はお楽しみ会ですから、子どもらしいたわいもない発言として笑い話で済ませられます。

しかし、気になるのは、授業の中でこのような不用意な発言をしている例がけっし

て少なくないということです。

「今日のめあては『平行四辺形の面積を求めよう』です。長方形に変形できないかを考えて解きましょう」

それを言っちゃあおしまいです。なぜ、こんな指示をしてしまうのでしょう。きっと、主眼達成を焦るあまり、お膳立てをしすぎてしまうのでしょう。しかし、ここでは、子どもたちが「既習の図形に置き換えて考える」という思考力を駆使する場面が授業の醍醐味のはずです。ここをショートカットすると、考えない子どもをつくってしまいますよね。

※因みに、子どものクイズの答えは「人口が一人増える」でした。

分かりたい！

ある小学校での授業風景です。その日は、五年生の教室で算数科の授業が行われていました。その学級は、中学年の時、学級経営が厳しい状況が続き、学力的にも課題の多いクラスだということでした。

プリント学習が進む中で、

「これ」一人の女の子が、無造作に学習プリントを私に差し出しました。

「〇つけて」採点してほしいという申し出です。

「いいよ」

私は、採点を始めます。十問中九問が正解。一問は答えは合っていたのですが、式が間違っていたのでそこを指摘しました。その子は、即座に式を書き換えました。その子は青いボールペンを私に渡そうとします。おそらくそのクラスでは書き直して満点となった場合は青いインクで百点とつけるルールなのでしょう。

私は、あえて知らない振りをして、赤インクで大きく百点と書いてその女の子にプリントを返しました。

「ありがとうございます」

女の子は、そう応えたのです。明らかに先程とは違った声の響きと言葉づかい。思わず「あなたは同一人物ですか」と尋ねそうになりました。分かること、百点がとれることは、こんなにも人の立ち居振る舞いを変えるのだと改めて気付きました。

子どもたちは、分かりたがっています。伸びたがっています。鍛えてほしいと願っています。この願いに応えたいですね。

カレンダー

子どもの時からカレンダーを見るのが好きでした。当時のカレンダーは、今みたいにカラフルではありません。白地に黒い数字が印刷されているシンプルなものがほとんどでした。その中で赤い数字を見つけるのが好きでした。つまり、日曜日です。集団生活である保育園になじめず、休めることがとっても嬉しかったのでしょう。

当時は、週休二日制などありませんから土曜日はもちろん出校日です。今みたいに祝日も多くなく（当時は年間九日、現在は十六日）、振替休日やハッピーマンデー制度もありませんでした。

たまたま、昭和三十六年と平成二十九年は、カレンダーの曜日が全く同じになります。しかし、出席日数は驚くほど違うのです。平成二十九年の出席日数は二百日。昭和三十六年は、何と二百五十日近いのです。当時の小学生は今の子どもたちに比べて五十日近くも多く学校に来ていたことが分かります。すべて土曜日だと仮定しても、授業時数は三時間×五十日で百五十時間。

つまり、当時の子どもたちは、年間に百五十時間、六年間だと実に九百時間近くも多く勉強していたことが分かります。九百時間は、一年生の年間総授業時数に匹敵しますから、今の子どもたちは当時の五年生までしか学校に来ないまま小学校を卒業することになるのですね。

ですから、限られた時間をどこに傾斜配分するのかが大切になります。その選択規準となるのが校長の示す経営ビジョンなのでしょう。

野口五郎岳

「野口五郎」と言えば、往年の歌手を思い浮かべる方が多いと思います。今の小学生は知らない子もいるかも知れませんが、四十年ほど前、郷ひろみ、西城秀樹とともに新御三家と言われ、数多くのヒット曲をとばした有名歌手です。

では、「野口五郎岳を知っていますか」と聞かれたらどうでしょう。意外と知らない方が多いのかも知れません。でも、その山は確かに日本にあるのです。野口五郎岳は、長野県と富山県の県境にある標高二九二四メートルという高い山です。

さて「野口五郎岳の高さは何メートルでしょう?」と聞いた時、子どもは何と答えるでしょうか。

中には、とても地理に興味があって「はい。二九二四メートルです」と即座に答える子どもがいるかも知れません。もちろん、山の高さを暗記していることも素敵な学力です。でも、分からないときに、すぐにあきらめてしまうのではなく、「それは地図帳で調べてみます」というふうに調べ方を身に付けているのもとても大切な学力だと言えます。

下の図は、学力を氷山にたとえたものです。海面にある「目に見える学力」と同様、水面下に隠れている「目に見えにくい学力」も大切に育てていきたいと考えています。

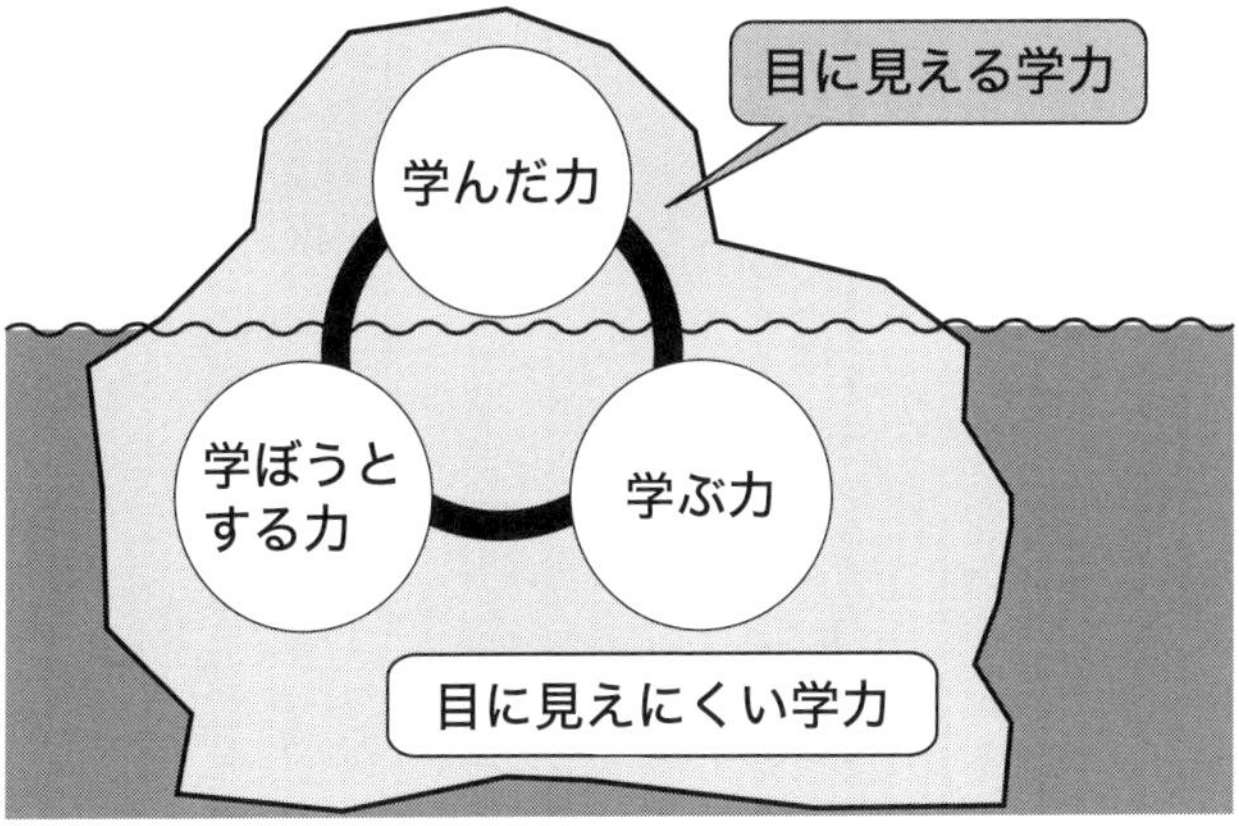

学力を氷山にたとえると

「始めます」

「今から国語の学習を始めます」

「礼」

「はじめます！」

毎時間、日直の声に続いて各教室から元気のよい授業開始のあいさつが聞こえてきます。

さて、ふだん何気なく行っているこの授業開始のあいさつにはどんな意味があるのでしょうか。

一つは、「心構えづくり」です。「今から四十五分間、しっかり勉強をがんばるぞ」という気持ちを高めるための所作です。

二つは、「礼儀」です。授業を行う教師に対する児童の「よろしくお願いします」

という意思表示です。

ここまでは、分かりやすいですね。しかし、このあいさつにはもう一つの意味があると言われています。

それは、「先人への敬意」です。

例えば、理科の教科書に書かれてあるわずか数行の文章。この数行の文章を生み出すために一生をかけて研究を続けた先人がいたということです。私たちは、教科書を通して、その先人の生涯にわたる努力の結晶をいながらにしてたやすく学ぶことができます。その先人たちの遺産を継承し、発展していく行為が授業だということを忘れないようにしたいですね。

氷が溶けると……

二月三日は節分、四日は立春。暦の上ではもう春となります。立春前の十八日間は「冬の土用」と呼ばれ一年間で最も寒い時期にあたります。「冬の土用」とは、いかにも聞き慣れない言葉ですが、実は「土用」は、春夏秋冬、それぞれの季節ごとに年間四回あります。そして、土用の最後の日を「節分」と呼びます。文字通り季節の分かれ目という意味ですが、この「節分」もそれぞれの季節ごとに年間四回あるのです。でも、ふつう、土用と言えばウナギを食べる夏の土用。節分と言えば豆まきをする二月初旬のそれしか意識することはありません。

これは、真夏の暑さを健康に乗り切り、厳しい冬の寒さを堪え忍び、来るべき春を待ち焦がれた日本人の季節感のなせる業なのでしょう。

さて、問題です。「氷が解けると何になる?」と聞かれたら何と答えるでしょう。

①水になる
②春になる

どちらも正解です。①の答えは知的です。②の答えは詩的です。しかし、「①の答えはあまりにも当たり前すぎて面白みがない。何となく冷たい人間の反応のようだ。それに比べ②の答えは大変情緒的で発想が柔らかい感じがする」こんなふうに②の答えだけが重宝がられ、あたかも①の答えは意味がないことのように言われた時期がありました。しかし、決して忘れてはならないのは、①の答えも間違いなく正解だということです。どうも世の中には、まるでブームのように一方の価値だけがクローズアップされる傾向があるようです。

子どもたちには、①、②の両方の答えを場に応じて使いこなす能力が必要になります。バランスのとれた指導が大切だと考えます。

H 校長のこだわり

ある研修会でのお話です。「総合的な学習の時間」が導入され始めたころでした。「新しい教育改革に学校はどのように取り組むべきか」という演題でシンポジウムが始まりました。登壇したのは、大学教授、指導主事、小学校長等。

印象に残ったのは、小学校のH校長の話でした。会の雰囲気は、新しい教育の流れに沿ったものでしたが、H校長はその流れにあえて異を唱えたのです。

「私は、理科が専門なのですが、今、大学の先生方がお話しされたことは、何も総合的な学習の時間ではなく理科で十分身に付けられることだと思います」

総合的な学習の時間礼賛という雰囲気の中で、その発言は目を引きました。大学教授がその発言を受け、総合的な学習の時間の意義等を説明します。これからの学校教育では、教科の授業だけでは生きる力を身に付けさせることはできないという趣旨でした。話は、それで落ち着くかと思えました。

「いかがでしょうか。H校長先生」

司会者の投げかけに、

「いえ、私はそんなふうに思わないのです。先生のおっしゃっている学び方や探求力は、理科の中で十分まかなえることなのです」

H校長は一歩も引かなかったのです。おそらく実践に裏付けられた発言なのでしょう。一見時代の流れとは反するように見られがちなH校長の言葉がとても大切なことと感じられました。

寅さんの考える力

かつて、『男はつらいよ』という松竹映画がありました。主演は「寅さん」こと渥美清さん。昭和四十四年に始まって、平成八年に渥美清さんが亡くなるまで実に四十八作のシリーズものとして人気を集めました。

これは、ちょうど昭和から平成に御代替わりしたころの作品です。

甥っ子の満男（吉岡秀隆）が受験勉強にいきづまり、寅さんに悩みをぶつける場面があります。

「ねえ、伯父さん。なんで勉強なんかしなくちゃいけないのかな」

この問いかけに寅さんは実に端的に答えます。

「いいか。満男よく聴け。俺みたいな学のない奴はな、人生の大切な場面でどっちに行くか迷った時にサイコロを振って決めなきゃなんねえ。しかしよ、学問を修めた人は、そんな時、きちんと筋道立てて判断ができるんだ。それが、勉強した人のすごいところよ」

寅さんが言うように、物事を筋道立てて考えることのできる将来に生きて働く確かな「考える力」を育てたいと思います。

「今の教師は視野が狭い。教師である前に人間であれ」としたり顔で非難する風潮が少なくありません。しかし、教師は人間だから給料をもらっているのではありません。素人にはけっしてまねのできない授業を通して、子どもたちに将来に生きて働く確かな人間力を育てている、その専門性が給料なのでしょう。

我々教師はこの専門性にもう一度信念と誇りをもちたいですね。

今時学力向上ですか？

十年以上前のことです。当時、私の勤務していた学校は、文科省の研究指定を受け作文の研究に取り組んでいました。数日後には研究発表会開催を控えていました。学校と地域の方との懇談会の日。学校の取り組みを説明した後、質疑が交わされました。

その中で、ある女性の方が、「今時、お宅の学校は学力向上ですか！」と強い口調で質問をされたのです。

その年は、全国的にいじめ問題が多発し、福岡県でもいじめ自殺という痛ましい事件が起こった年でした。その女性の方も「今は学力よりも心の教育を大切にすべきだ」とおっしゃりたかったのでしょう。

私は、「こんな時代だからこそ、本校ではあえて学力を、授業を大切にしているのです。授業が分かることはいじめの最大の抑止力だと考えています」と答えました。

学校の授業は、知識を切り売りするものでも、頭でっかちな児童を育てるものでもありません。授業の目的はすべて人間形成です。一時間一時間の授業を通して、子どもたちは、見えなかった世界が見えるようになり、ばらばらであったものがつながってくる「素敵感」を味わっていくことを通して、人間らしく成長していきます。

一回読んだだけでは気付かなかった人物の心情が言葉に照らされて深く読み取ることができた感動。算数の世界が見せてくれる規則性の美しさ。真理に触れる度に子どもたちは謙虚になり、表情が穏やかに立ち居振る舞いが凛と変わっていきます。

学力と心の教育はけっして相反するものではありません。教科の本質に支えられた確かな授業は子どもたちの「知恵と心と命」を育むと考えています。

燎原の火

草原に炎が上がっています。キャンプファイヤーでしょうか。炎の勢いは大きく、天まで届くかのように見えます。

「素晴らしいわね。日本一の炎じゃない？」

感嘆の声が聞こえてきます。

しかし、次第に炎は小さくなり、やがて見えなくなってしまいました。灯油が燃え尽きたのです。炎が消えると残ったのは周りの焦げばかり。炎が草原に燃え広がることはありませんでした。

しかし、もし炎が地下資源に入ったらどうでしょう。きっと、炎は容易に消えることはないと思います。子どもたちの学力も同じです。短期的に調査結果の数値を変える取り組みでは、一時的には点数の向上は見られるかも知れませんが、将来に生きて働く確かな学力を育てることはできないと考えます。

ですから、我々は、地道な授業改善を通して、教師の授業力向上を図るとともに、子どもたちの真の学力形成を目指そうとしています。幸い、筑豊の地下には豊富な石炭が眠っています。石炭は掘り尽くしたのではありません。採算が合わなくなったから掘っていないだけです。有史以来、今まで採掘した総量以上の良質石炭がここには眠っているのです。

筑豊の地下資源である石炭に一旦火が入ると、もう火が消えることはありません。燎原の火のごとく燃え広がっていくことでしょう。ぜひ、石炭に火が灯る授業改善を大切にしたいと考えています。

峠の茶屋で

江戸時代末期のことです。日本を訪れた外国の方が数名、とある茶店に立ち寄りました。茶菓子を食べ、代金を支払おうとした時です。店に勤めていた娘さん（今で言ったら中学生くらいの少女でしょうか）が、暗算で「合計で○○文になります」と即座に答えたそうです。

外国の方は、「こんな少女に暗算などできるはずはない。きっといい加減に答えているのだろう」と思い、みんなで確かめ合ったそうです。ところが驚いたことに全くその少女の計算は間違っていなかったのです。

「何と日本という国は教育が進んでいるのだ」

その外国人たちはすっかり感心してしまいました。

我が国の識字率は99・9％を超えます。もちろん世界一です。「誰もが、普通に読み書きが出来て、計算もこなせる」日本人なら当然のことです。しかし、そう感じるのは日本に住んでいるからであって、世界から見ればけっして当たり前ではないということです。

これは、昔から日本人の中に「勉強することはいいことだ。学ぶことはすばらしいことだ」というものの見方があったおかげだと思います。この先人たちが連綿と引き継いできた貴重な財産をぜひ大切にしたいと考えています。機会を見つけては、子どもたちに分かる言葉で今の日本の豊かさと教育力の高さを伝えたいと思います。

なくしたら本当に困りますか？

太田裕美という歌手がいます。ニューミュージックの草分け的存在として活躍したシンガーソングライターです。中でも昭和五十年に発売された『木綿のハンカチーフ』は大ヒットとなり、その曲で紅白歌合戦出場も果たしました。

その太田裕美さんの作品の中に『赤いハイヒール』という曲があります。これは、画期的な作品でした。どこが、画期的なのか。

「ねえ」と、前奏なしに、いきなり歌い始めるのです。今では珍しいことではないのでしょうが、当時は、前奏から始まり、その間を利用して司会者が楽曲の紹介をするというパターンが一般的だったのです。『赤いハイヒール』は「歌は前奏に続いて始まる」という固定観念を打ち砕いたエポックメイキングな作品となりました。

授業の導入で必ずと言っていいほど設定されている「前時学習の想起」。これは果たして必要なのでしょうか。いきなり、課題の提示から始まる授業があってもよいのではないでしょうか。

学校には、「以前から実施していたから」という理由で、何の疑いもなく継続されているものが少なくないようです。本来は手段として出発していたものが、いつしか目的のような顔をして独り歩きを始めてしまう。

「それってなくしたら本当に困りますか？」

いろんな行事等を見直してみたいですね。

新しい……

「新しい学力観」という言葉が世に出たのは平成三年のことでした。あれから二十六年が経ちました。ところで、「新しい学力観」はどこが新しかったのでしょうか。

従来の授業が「知識理解」など、「目に見える学力」を教え込んでいたから、これからは「関心・意欲・態度」など「目に見えにくい学力」を重視するところが新しかったのでしょうか。

そうではありません。昔から心ある教師は、一時間一時間の授業を通して、知識理解だけではなく、子どもたちの学習意欲を高めたり学び方を身に付けさせたりする努力をしていたはずです。ですから、「新しい学力観」はけっして真新しいものではなかったのです。ここでいう新しさとは、「目に見える学力」と「目に見えにくい学力」をバランスよく、しかも関係付けて身に付けさせようとしたものの見方の新しさだったのです。

「新しい」という言葉は大変魅力的です。それだけでバラ色の未来が開けるような錯覚にとらわれがちです。しかし、学び方や知識理解をおろそかにして意欲だけを重視しようとしてもどだい無理なのです。もし、子どもの意欲だけを肥大化させるのであれば、それは「新しい学力観」ではなく「珍しい学力観」に陥ってしまいます。

次回の指導要領から導入されると言われる「アクティブラーニング」。私は、既視感を覚えて仕方がないのです。

美しい言葉だけが独り歩きしないように留意したいですね。

総合とごった煮

かつて、国語科では、一つの教材ですべての指導事項を網羅する単元構成が流行した時代がありました。国語科の内容は、「話すこと・聞くこと」、「書くこと」、「読むこと」、これに「関心・意欲・態度」と「伝統的な言語文化と国語の特質に関する事項」の五つから構成されています。後者の「関心・意欲・態度」と「伝統的な言語文化と国語の特質に関する事項」はどの単元でも外すことはできませんが、問題は残りの三つの言語能力です。果たして、一つの教材で三つの言語能力を指導することが可能なのでしょうか。

何度も、このような大単元構成の授業を観察する機会がありましたが、どれもあまりうまく機能していないように思いました。

授業者の先生に「なぜ、このような大単元構成を考えられたのですか」と聞いても、はっきりとした理由は返ってきませんでした。どうも、教科書指導書にそのような展開例があったからというのが理由だったようなのです。

しかし、教科書指導書に載っている単元展開例は、あくまでもその教科書会社が示した例に過ぎません。あのとおりに指導すると当然時間が足りないようにできています。子どもも教師も必要感をもたない「木に竹（パイプ）を接いだような」単元構成で子どもたちを苦しませないようにしたいですね。

総合単元という美名のもとに、「すべての栄養素を盛り込んで食べさせれば栄養がつくだろう」というのは大変危険な発想です。それは、「総合単元」ではなく「ごった煮単元」です。まして、子どもが消化不良や食あたりでも起こしたら、「国語なんか二度と勉強したくない！」と拒否反応を示すかも知れませんね。

教育改革？

平成に入り様々な教育改革がなされました。元年度には生活科が、十年度には総合的な学習の時間が導入されました。当時は、どの本屋も生活や総合の図書ばかり。管内でも、過半数の学校が生活科や総合を研究主題に掲げました。しかし、現在は皆無に近い状況です。

あれから三十年。学力にも翳りが見られ、四万人だった不登校児童生徒は一時十三万八千人までにふくれあがりました。かつては「JAPAN AS NO. 1」と言われた経済力も、GDPは五百兆円で横ばい。日経平均株価も二万円前後と平成元年末の半額でもがいています。

なぜ、こんな状況が生まれたのでしょう。

生活科が導入された平成元年に世界で何が起こったか。それは冷戦の終結です。これによって世界情勢が大転換し日本もその流れに巻き込まれてしまったのです。

資源のない日本が敗戦後、なぜ奇跡の発展を遂げたのか。それは、日本に人材がいたからです。その人材を輩出したのは「読み書き計算」に代表される優れた日本の教育システムでした。この教育システムを巧妙に破壊することが画策されたのです。

まず、ターゲットにされたのが科学教育です。小学校低学年に生活科を新設し、理科と社会を廃止します。導入にあたっては耳障りのよい言葉が並べられました。

「新しい学力観。知識よりも意欲を。体験を。主体性や個性を。教師は指導から支援へ」

これらは外国で過去に実験し、すべて失敗に終わったものばかりでした。

続いて総合を導入し国語科を削ります。つまり、生活科と総合は「日本愚民化政策」とも言えるのです。教育改革病？に惑わされることなく、将来の日本を支える子どもたちを育てるためにも、今何が必要なのかを改めて見極める時だと考えています。

入試改革

点数だけによる受験競争は弊害が多いからと、入試でも評価の観点が多様化しているのが世の中の流れです。逆に言えば私情が入り込む隙が出来たということです。明治以来、我が国は点数による人材登用を図ってきました。弊害はあったかも知れませんが極めて公平であったとも言えます。どんな出自であろうと、どんなに家が貧しくても、身内にどんな人間がいようとも、しっかりと結果を出せる人間は評価してもらえたからです。基本的に自由競争社会は点数主義です。

大相撲でも、大関で二場所連続優勝をすれば横綱に推挙されます。

「彼は二十五歳に満たないからもう一年様子を見ましょう」

などと馬鹿げたことにはなりません。清原選手は、西武に入団した一年目から四番バッターに座りました。まだ十九歳のことです。イチロー選手は二十代で五億を超える年俸をもらっていました。

「二十五歳まではたとえ五十本ホームランを打っても四番打者にはなれない」「四割を打って首位打者に輝いても三十歳になるまでは一億を超える年俸を支払ってはならない」「一軍と二軍の選手の年俸が五倍の格差を超えれば憲法違反である」などという規則があったらどうでしょう。決して、大相撲やプロ野球は今のように発展しなかったはずです。

頑張ってもさぼっても評価が変わらない社会が進展するはずはないからです。これは、歴史が証明済みの真実です。

第五章

校長は戦います

校長は「いい人」である必要はありません。時に悪者となって戦うべき存在です。

掲げたビジョンの実現に向けて「ぶれるな。逃げるな。言い訳するな」。職員は、校長に期待しています。

悪役

昭和の時代、北の湖という強い横綱がいました。優勝回数二十四回。しかし、人気は今一つでした。憎たらしいほど強かったのも原因でしょうが、「あの土俵態度が気に入らない」という声も少なくありませんでした。

毎日、豪快に相手を投げ飛ばします。普通、勝った力士は負けた力士に手を差し出し立ち上がるのを助けるなど、何らかの気配りをします。ところが、北の湖は、全くお構いなしなのです。後ろも顧みず、これ見よがしにふてぶてしい態度で勝ち名乗りを受けます。いつしか、ファンは北の湖が負けるのを心待ちにするほどになってしまいました。

ところが、この憎たらしいほどの土俵態度には、北の湖の深い計算が働いていたのです。

当時、相撲人気はかんばしくなく、満員御礼が下がるのも数えるほどしかありませんでした。そんなある日、北の湖は歌舞伎で『忠臣蔵』を観る機会があったそうです。その時「なぜ、忠臣蔵はこんなに毎年人気があるのだろう」と考えました。そこで、はたと気付いたのが吉良上野介の存在でした。観客は、赤穂浪士の活躍だけではなく、いかにして吉良上野介が成敗されるかを楽しみに観に来ていることに気付いたのです。そして、心に誓ったのです。「自分が相撲界の吉良上野介になろう」と。

こうして、北の湖の悪役が始まります。おかげで、相撲ファンは「いつ北の湖が負けるか」を楽しみに国技館に通うようになったということです。

世の中には、あえて悪役を演じてくれる人が存在するのですね。

今年の流行色は？

数年前のことです。私は、とある教育講演会に参加しました。それは、まだ、お屠蘇気分の抜けきれない一月六日のことでした。

講師は、ファッション関係にお勤めの女性の方でした。

開口一番、その講師の方は、

「みなさん。今年の流行色を知っていますか？」

と尋ねられます。

誰も手を挙げる人はいません。もちろん私も全く分かりませんでした。

「誰もいませんね。答えは『うすむらさき色』なのですよ」

何だか変だと思われませんか。そうなのです。ふつう「流行」というのは、その年の終わりに決まるものですよね。今年の流行語大賞や今年の流行歌などは、だいたい十二月に発表されます。しかし、この講師は、一月六日の時点で「今年はうすむらさき色です！」と断言したのです。

講師の方は続けます。

「みなさんは流行とは結果として決まるものと思っているでしょ。実は違うのです。流行は我々が意図的に生み出しているのですよ」

正に「目から鱗」の講師の発言でした。

教育の未来を予測するのではなく、教育の未来を創造する学校づくりをしたいと思いました。

広げられたストライクゾーン

初任者の時の校長は黒川先生でした。黒川校長は部下指導という点では天性のものをおもちであったように思います。何か仕事を任され、一生懸命こちらが取り組みます。すると、とにかくほめてくださるのです。「仕事をやってよかった!」と思わせるほめ方なのです。もちろん初任者ですから不十分な点も山ほどあったはずです。しかし、どんな小さな点でもよかったことを選び出し認めてくださるのです。これでやる気が起こらぬはずはありません。「また頑張ろう」という気になってしまうのでした。

二年目、校長は小俣先生に代わりました。小俣校長は県の指導主事を経験された研究肌でした。しかし、大変穏和で人柄のよさを感じさせる方でした。小俣校長も「人を責めない校長」でした。私が何か失敗をします。大概なら一喝すべきところなのですが、「ほら見てごらん。あなたのやったのはこの部分。こうやってみるとけっして失敗じゃないよ」と最初のストライクゾーンを拡大してでも、失敗を成功の範囲に含めてくださる懐の深い方でした。

私が児童会を担当していた時、主体的な児童会活動ということでいろんな議題を話し合わせていました。ところが議題の中に児童の自治的範囲を超えるものがあったのです。張り切っていた私はそのことに全く気付いていませんでした。

「特別活動の研修会があるから参加してみたら」と小俣校長は言われました。参加してみると果たして児童の自治的範囲に関する講話があったのです。つまり、小俣校長は「君のやっているのは児童会活動の枠を超えているよ」と教えるのではなく、私が自分で気付くまで待ってくださったのでした。

気概

「今のはファールだろ！」

上田監督が猛然と審判に詰め寄ります。

時は昭和五十三年の秋。ヤクルト対阪急（現オリックス）で争われた日本シリーズ。三勝三敗で迎えた後楽園球場での最終第七戦。ヤクルトの大杉選手（故人）の放った大きな打球はレフトスタンドに飛び込みます。判定はホームラン。しかし、打球の行方を見ていた阪急の上田監督は血相を変えてベンチを飛び出します。

審判団の説明に上田監督は一歩も引き下がりません。このまま、ホームランが認められれば、阪急の四年連続日本一の夢は完全に絶たれかねません。

「よし。分かった。こんな審判のもとで試合は続行できない！」

怒り心頭に発した上田監督は、守備位置に着いていた阪急の選手全員をベンチに引き揚げさせます。これから、あの歴史的な猛抗議が展開されるのです。再三にわたる審判団の説得にも上田監督は頑として受け付けません。

「今のはどう見てもファールだ。とにかく審判を変えろ！」

しまいには、プロ野球コミッショナーがベンチまで入り込んで上田監督を説得します。

「君は、わしがここまで言っても試合を再開しないのか！」

コミッショナーの粘り強い説諭にも上田監督は納得することはありませんでした。

こうして、抗議による試合中断は一時間半近くに及びました。結局ホームランの判定は覆ることはなく、広岡監督率いるヤクルトが初の日本一を獲得します。

一時間半にもわたる抗議に伴う試合中断。上田監督の行為には賛否両論があるでしょうが、自分の判断を最後まで貫き通したプロとしての気概は学びたいですね。

笑顔も給料の一部です

三年生の社会科見学で田川地区を巡りました。半年間で大きく成長した三年生の姿を実感できる一日となりました。

これは、最初の見学先「めんべい添田工場」を訪問した時のことです。案内役の女性は、まだ二十歳にも達していない若い方でした。一連の説明が終わった後、子どもたちの質問が始まります。

「お仕事をする中で工夫していることは何ですか」

ある児童の質問です。その女性はこう答えました。

「私は、販売コーナーでお客さんを相手にする仕事なので、特に笑顔を絶やさないように気を付けています。だってお客さんに気持ちよく買い物をしていただきたいからですね」

高校を卒業してわずかしか経っていないその若い女性の応答に、プロとしての矜持を見た思いがしました。仕事をする上では、楽しいことばかりではないはずです。時に嫌な気持ちになることもあるでしょう。いえ、職業生活では思い通りにならないことの方が多いはずです。それでも、その女性は私情を抑え、公人としての立場を大切にして職務に専念しているのでしょう。

「笑顔を大切に。笑顔も給料の一部なのですよ」

その女性は、そう伝えたかったのだと思います。

「不機嫌は立派な環境破壊ですよ！」

かつて、先輩から教えられた戒めを思い起こした瞬間となりました。

耶律楚材

大相撲の横綱は現在四人。稀勢の里が十九年ぶりに日本人横綱に昇進しましたが、白鵬、日馬富士、鶴竜はいずれもモンゴルの出身です。モンゴルと言えば、かつてはチンギス・ハン（ジンギスカン）が率いる世界大帝国でした。

さて、このモンゴル帝国には「耶律楚材」という有能な家臣がいました。耶律楚材は、部下をまとめるのがとてもうまかったそうですが、彼のやり方は一風変わっていました。

ある時、部下を集めた耶律楚材は、こう宣言します。

「新しいことを始める必要はない。それより、今まで長年やっているもので、あまり効果の上がっていないものを廃止せよ」

そうして、本当に惰性的に行われていたものを廃止した部下にはつぎつぎとほうびを与えたそうです。

その結果、部下たちはずいぶんと身軽になり、エネルギーを集中して事に当たることができるようになります。モンゴル帝国があれほど巨大に成長した一因に、この耶律楚材の功績があったと言われています。

ふつうは、何か新しい事業を起こすことが注目されがちです。そして、何か新しいことが始まると、それはまずなくなることはありません。手段であったものが目的であるかのような顔をして独り歩きを始めてしまうからです。

これは、学校教育にもつながるものの見方だと感じます。常に学校の使命を見失わないようにしたいと考えています。

五つのなぜ？

李承燁というプロ野球選手がいました。年間本塁打五十六本というアジア記録を携え、韓国から入団してきた強打者です。李選手は、平成十八年からは巨人軍の中心打者として活躍しました。ところが、ある年から別人のように活躍できなくなったのです。打率が一割台。極度の打撃不振に陥り巨人軍を去っていきます。体調不良が原因のようですが、これを「なぜ？　なぜ？　なぜ？」と掘り下げれば本当の理由が見えてきます。

問①「なぜ、李承燁選手は巨人軍を去っていくのか」
答①「極度の打撃不振で全く活躍できなかったからだ」
問②「なぜ、打撃不振に陥ったのか」

答②「体調不良があったりして、満足な状況で試合に臨めなかったからだ」
問③「なぜ、体調不良になったのか」
答③「体そのものよりも心が不安定で野球に打ち込めなかったようだ」
問④「なぜ、野球に打ち込めないような気持ちになったのか」
答④「巨人の四番バッターとしてラミレス選手が入団したからだ」
問⑤「なぜ、ラミレス選手が入団したら、やる気がなくなるのか」
答⑤「自分の役割感が失われたからだ」

四番を奪われた李選手。「自分は信頼されていなかったのか」李選手は役割感を失ったのでしょう。「五段階のなぜ?」はトヨタの発想法です。一度や二度の「なぜ?」では上辺の原因しかつかめない。五段階まで掘り下げて本質が見えるという発想です。「なぜ?→なぜ?→なぜ?→なぜ?→なぜ?」いろんなことに使えそうですね。

中 畑選手の飛び出し

昭和六十二年九月二十日。広島対巨人戦でのことです。巨人が二対一のリードで迎えた九回裏二死一塁。マウンドにはエース江川。打者は小早川。江川の直球をはじき返した小早川の打球はライトスタンドへ。劇的な広島のサヨナラ勝ちの瞬間でした。うずくまる江川。頬には涙が流れていました。そして、その年のオフ、江川は引退を表明します。三十二歳の若さでした。百三十五勝の投手人生となりました。

しかし、このサヨナラ劇には伏線があったのです。九回裏二死。三人目の打者の打球は平凡なセカンドゴロ。二塁手の篠塚がさばいて試合終了と思った瞬間、いきなり篠塚の前に飛び出してきた選手がいます。「絶好調！」を口癖にしていた中畑選手です。結局、このプレーが災いして打者は一塁に生き残ります。そして、あのサヨナラ劇が生まれるのです。野球に「もし……」はありませんが、あの時、中畑選手が余計な手出しをしなければ、江川の投手人生はもう少し続いていたのかも知れません。連係プレーは大切です。しかし、他人の守備範囲を侵すことは許されないのでしょう。

ある懇談会での実話です。小学生の子どもをもつ若い母親が、真顔で次のように学校教師を責める発言をしたそうです。

「うちの子は箸の持ち方がおかしいんですよ。学校は指導しているのですか！」

「そうよね。教師は高い給料をもらっているのにもっとしっかりしてもらいたいわね」

驚いたことは、周りの参加者もこの母親の発言に同調したことです。

年間の給食は百八十余食。一年間の食事回数は一〇九五回。学校が食事に関わるのは六分の一に過ぎません。連携はできても、親の守備範囲を侵すことはできません。

校長の役割

「ビジョンづくり」・「しくみづくり」・「人づくり」。私は、この三つが校長の役割だと考えています。

校長の最も大切な仕事は「ビジョンづくり」、つまり組織が向かう方向性を示すことです。校長が「今年は富士山に登るぞ！」と明言すれば、少なくとも先生方は水着を用意する必要がなくなります。その分身軽になり、先生方は富士登山克服にエネルギーを専念できることになるのです。

先生方は、リーダーに確固たる信念を求めています。ビジョンを明確に示さず、「そのうち見えてくる」、「歩きながらみんなで目的地を決めよう」などと躊躇すれば先生方は混乱するだけなのでしょう。先生方は多数決によるビジョン策定を望んではいません。その代わり、一旦ビジョンを示したからには、「ぶれないでほしい」「逃げないでほしい」「言い訳しないでほしい」と願っていることに気付かされました。

　二つ目の仕事はビジョンを達成するための「しくみづくり」です。校長のビジョンを具現化するための永続的なシステムを構築することです。構成メンバーの力量や入れ替わりに左右されないシステムを作ることにあります。

　これらの、「ビジョン」と「しくみ」をいかすには教師の力量向上が不可欠です。特に教師に「P（計画）→D（実行）→C（評価）→A（改善）」のものの見方を確立することが急務だと考えます。目標を実現するために、具体策を絞り込み、実践をとおして子どもの事実（データ）をもとに検証し改善策を見出す。このサイクルをすべての教育活動に浸透させることが大切だと考えています。

N選手のサイン見逃し

かつて与那嶺要《よなみねかなめ》というプロ野球選手がいました。巨人軍で選手としてプレーした後、昭和四十七年から六年間、中日ドラゴンズの監督を務めています。つまり、巨人軍のV10を阻止したのがこの与那嶺監督なのです。

その与那嶺さんが監督時代の出来事です。試合は終盤にさしかかっていました。場面はノーアウトランナー一塁。どうしても一点がほしかった与那嶺監督は、あえてチームリーダーのN選手にバントのサインを送ります。ところが、N選手はサインを見逃し、次の投球を強打してしまうのです。クリーンナップとしてのプライドもあったのでしょう。N選手は、わざとサインを見逃したのです。結果はヒット。しかも長打で、チームは勝利をものにします。

その夜のミーティングでのことです。全選手を前にした与那嶺監督は、静かに口を開きます。

「今日の試合はNの長打で勝った。しかし、Nは重大なミスを犯した。それは、私のバントサインを見逃したことだ。普通ならサインを見逃した選手の罰金は十万円だ。しかし、Nはチームのリーダーだ。だから、私は罰金二十万円を要求する」

この監督の発言に、選手から一斉に大きな拍手がわき起こります。監督もチームの仲間たちもN選手のわがままをけっして許さなかったのです。

「この選手は力があるから」などと気を遣って特別扱いをするとチームは崩壊を始めます。もし、与那嶺監督に頑とした強さがなかったら、巨人軍のV10を阻んだ昭和四十九年のリーグ優勝はなかったかも知れませんね。

決まり

担任時代、私は次のようなルールを決めていました。

それは、授業中気分が悪くなったりして保健室で休養をとった場合は、昼休みはおとなしく教室で過ごすこと、体育など運動を伴う授業は見学するというものでした。

なぜ、こんな取り決めをするかと言うと、保健室を悪用する子どもがいたからです。つまり、自分が好きでない教科の時間は適当に理由をつけて保健室で休養し、「もう元気になりました」と言って、ちゃっかり体育だけには参加するのです。

その日は、授業参観日でした。しかも、保護者が参加しての親子スポーツ大会を予定していました。ところが、この日、クラスのA子が、午前の授業中、

「先生、気分が悪いので保健室で休ませてください」

と言って休養をとったのです。そして迎えた午後の親子ふれあい活動。私はA子に、

「Aさんは保健室で休んだから、ふれあいは見学だよ」

と告げたのです。

A子は「まさか」という表情を見せました。今日は楽しみにしていた母親が参加してのスポーツ大会です。「先生は、今日に限っては特別な配慮をしてくれる」と思っていたに違いありません。しかし、私の答えは「NO！」でした。A子の母親も納得できない様子で「どうして参加できないのでしょう」と言われたのですが、私はクラスのルールを楯に譲りませんでした。私は、今でもそれでよかったと思っています。

「今日はお母さんが来ているから特別だよ」などという例外を作るから学級は壊れるのです。

清原選手の不調

清原和博というプロ野球選手がいました。清原選手は、甲子園の常勝チームＰＬ学園に所属。数度の全国優勝に貢献するなど、高校生とは思えない、とてつもない力を備えた選手でした。

昭和六十年秋に行われたドラフト会議。清原選手はあこがれの巨人軍に入団することを熱望していました。また、多くの人が、巨人軍も清原選手を指名するものと予想していました。ところが、巨人軍が選んだのは、同じＰＬ学園のエース、桑田真澄投手だったのです。落胆という生やさしい言葉では言い尽くせない悲しみを見せた清原選手でした。

時は流れ、平成九年。プロ野球生活十二年目を迎え、球界のスーパースターとして君臨していた清原選手は、フリーエージェント制を活用して、待望の巨人軍移籍を果たします。前年度優勝した巨人軍に清原選手が移籍。まさに「鬼に金棒」です。今年は二位以下に二十ゲームくらい大差をつけて優勝するのではないかと思ったのですが、結果は何と四位。清原選手は全く活躍できなかったのです。その後も満足な成績を残せないまま、オリックスに移籍して二年後引退していきます。

なぜ、あれほど活躍していた清原選手が巨人軍では全くふるわなかったのでしょう。これは、あくまでも推測なのですが、清原選手は巨人軍に入団できたことで人生の目標を達成してしまったのではないかと思うのです。つまり、巨人軍に入ることで満足してしまい、次なる目的意識を喪失してしまったのでしょう。

けっして本人は力を抜いたわけではありません。目的をなくすのは怖いことですね。

不登校は個性ではない

休み明けは「学校に行きたくないな」と登校エネルギーが不足しがちです。しかし、「休んでエネルギーがたまってから登校しよう」というのは間違いだと考えます。大人でも、「仕事に行きたくないな」という感情にとらわれることがあります。それでも朝食をすませ、着替えて靴をはけば、いつの間にか職場に向かっています。逆に金曜の夕方になると「ああ、もう仕事ができない」と、もの悲しい気持ちになり、月曜の朝になれば嬉しくて仕方がないという人がいたら、そちらの方が心配ですね。

集団生活では、トラブルなど楽しくないことも起こるでしょう。しかし、やはり学校に来てみんなと学ぶことはそれ以上に素晴らしいことです。新しい知識を学んだり、今まで見えなかった真理に気付いたり、友達と力を合わせて一つのことを成し遂げる中で自他のよさに気付いたりと、人間らしく成長していきます。

一部に「不登校も一つの生き方」、「学校に行かないのも選択」、「いつでも勉強はやり直せる」などの風潮があることも確かです。不登校だったけれど大人になって大成している事例が報道されることもあります。しかし、それは、そのような事例が極めて珍しいからです。不登校が長期化したり大人になっても引きこもりになってしまったりする事例が少なくないことは報道されないけれども厳然たる事実です。

学校は、「行きたい時に行く」ものでも「行ける時に行けばよい」ものでもありません。「行かねばならない」ものです。「教育を受けさせること」が国民三大義務として憲法に定められているのも我が国が昔から連綿として学校教育に力を注いできた証左です。愚直に「学校に来ることの素晴らしさ」を訴え続けたいと考えています。

習慣七分、意志力三分

登校時の出来事です。校門立ちをしている私の前を通り過ぎた児童が、「めんどうくさいなあ。どうして学校なんて行かなくちゃいけないの」とつぶやいているのが耳に入りました。出がけに嫌なことがあったのかも知れません。

私はその子に次のような手紙を渡しました。

それは、「がまんする力」を身に付けるためです。将来あなたもお仕事に行くようになるでしょう。社会に出てからのお仕事は、想像以上に厳しいものです。面倒くさいこと、やりたくないこと、きついことが驚くほど多いのです。その時、「もうやめた！」と投げ出さないための訓練を学校でしているのですね。

「今日は学校に行きたくないなあ」「宿題をするのはめんどうだなあ」という弱い心に打ち勝ってがんばり続けたあなたの「やりぬく力」がその時に役立つのです。

「自分は小学校の時、きつい日も学校に行き続けたな」「つらい宿題もがんばってちゃんと提出したな」という自信が社会に出ても力を発揮するのです。

子どもたちが将来出合うであろう社会は、学校以上に厳しいものです。そこでは、怖いくらいに自己責任が要求されます。安易な遅刻や欠勤は当然ペナルティの対象となりますし、評価も冷徹に数値が突きつけられる相対評価の世界です。

「習慣七分、意志力三分」という言葉があります。「よし、明日から遅刻をしないで頑張るぞ」と一念発起しても、長年染みついた習慣には勝てないということです。

将来を生き抜く「やりぬく力＝耐性」を鍛えるため、母性原理を基盤としながらも、父性原理を示すことが小学校時代から大切だと考えています。

私の読書法

「夏休みに読書をがんばります。目標は六十冊です」

一学期の終業式で、私は子どもたちにこう宣言しました。

結果は八十冊。無事、子どもたちとの約束を果たすことができました。

私は、学校で本を読むことはまずありません。「家庭学習」です。かつては帰宅後に読んでいましたが、うまくいきませんでした。夜は例外のある日が多いからです。「飲み会があった日は読めない。巨人軍が逆転負けでもしようものなら腹が立って読みたくない」等々、いくらでも自分に言い訳ができるのです。しかも、「今日は飲み会があるから読めない」のではなくて「飲み会があるから読まなくていい」と、どこかで逃げ道を求めている自分の弱さに気付きました。

そこで、思い切って早朝読書に切り替えたのです。五時五十五分に起きるようにしました。五分間で洗顔をして六時から七時までの一時間を読書にあてるのです。

面白いことに私の使っている目覚ましはとても正確で、毎日必ず三秒ずつ進むのです（けっして狂うことはありません）。つまり、次の日は五時五十四分五十七秒に目を覚ますことになります。昨日より三十分早く起きるのはつらくても、「三秒早く起きる」のはほとんど影響がありません。一日にわずか三秒です。一週間でも二十一秒、一カ月経っても九十秒しか貯金はできません。それでも、一年間では十八分の時間貯金ができます。

あれから長い時が流れました。今は、朝三時三十分に起きています。毎朝三時間余りの読書時間が確保できます。おかげで一年間で七百冊を超えるようになりました。

目に見えないファインプレー

とあるプロ野球の実況シーンです。

ツーアウトランナー二、三塁。一打逆転のチャンスです。

「ピッチャー、振りかぶって第四球を投げた」

「打ちました！　強烈な当たりです」

バットの真芯でとらえた打球がピッチャーの足もとを鋭く抜けていきます。誰もが「逆転のセンター前ヒットだ」と思った瞬間。何とセカンドベース上に二塁手が待ちかまえています。二塁手は難なくボールをさばき、さりげなく一塁へ送球します。バッターアウト。記録はセカンドゴロです。

素人が見ると、単なるセカンドゴロです。しかし、これは、「目に見えないファインプレー」だったのです。

実は、この時、二塁手はあらかじめ守備位置を微妙に変えていました。それは、打者のバッティングの特徴を事前に捉えて打球の方向を予知するという、研ぎ澄まされたプロの感覚がなせる業でした。

わたしたちの周りには、この二塁手のように、目に見えないファインプレーをしている人がたくさん存在し、社会を支えているのでしょう。

しかし、けっして本人はそのファインプレーをひけらかすことはありません。まるで何事もなかったかのようにさりげなく行っています。ですから、素人は見過ごしてしまいがちです。

互いの目に見えないファインプレーに気付き、感謝しあえる社会でありたいですね。

神様のサービス

ある本で、こんな感動的なお話に出会いましたので引用して紹介します。

ある若いご夫婦が東京ディズニーランドにやって来て、お昼どきにレストランに入ったときのことです。ウェイトレスさんは、当然、二人掛けの席に案内しました。するとそのご夫婦は、「お子さまランチを二つください」と注文しました。ウェイトレスはマニュアル通りにこう答えました。

「お客様。お子さまランチは六歳以下の子ども様向けのものです。大人の方には量が少ないと思うので、別のメニューはいかがですか？」

ここで明らかに落胆された様子のご夫婦を見てウェイトレスさんはこう聞きます。

「お客様、お子さまランチを注文なさるのは何か理由があるのですか？」

するとご夫婦が、生まれてすぐに亡くなってしまった子どもがいたこと。その日は亡くなった子の誕生日であること。東京ディズニーランドに三人で行くのを夢見ていたこと。生きていたらお子さまランチを食べさせてあげたかったことを話しはじめたのです。ここでウェイトレスさんはどんな対応をとったと思いますか？

「失礼いたしました。お客さま、ご案内するお席を間違えておりました」と、二人をファミリー用の席に案内したのです。さらに、ファミリー用の席のひとつを子ども用の椅子に変更し、亡くなった子どものための水を含め、三つのコップを並べました。そして、お子さまランチも三つ運ばれてきたのです。

（小宮一慶『神様のサービス』〈幻冬舎新書〉から）

「お客様志向」という精神が東京ディズニーランドでは末端にまで浸透されているのです。本物の対応。見習いたいと思います。

おわりに

昭和五十四年四月一日。初任者として方城町立（現福智町立）弁城小学校に赴任しました。当時の黒川昭二校長からは、人をほめることの尊さを学びました。二年目の小俣近宏校長からは、人を責めない生き方を学びました。また、稲冨明方城町教育長からは「三方よし」の考え方をはじめ、人としての生き方を学びました。

昭和六十年、福岡県教育センター長期研修員として学ぶ機会をいただきました。そこで、教育方法研究室研究主事の柏木順子田川市元教育長と出会います。柏木先生からは国語科の本質と研究の進め方を徹底的にご指導いただきました。私の教師としての基盤を築いていただいた一年となりました。また、柏木先生には本書の序文を書いていただくという栄誉に浴することができました。

その後、指導主事、教頭、校長として多くの先輩、同僚、後輩に支えられながら、平成二十九年三月三十一日、赤村立赤小学校長を最後に教職を終えました。

ここに綴ったのは、三十八年間の教師人生において折々に考えたことを「エッセイ」として百話に綴ったものです。ご高覧いただき、ご意見、ご感想等をいただければ幸せに存じます。

また、東京図書出版の和田保子様には、本書の出版に当たり、さまざまな面でご指導、ご助言をいただきました。深く感謝申し上げます。

平成二十九年九月

原田宏志

原田　宏志（はらだ　ひろし）

昭和31年10月福岡県方城町（現福智町）に生まれる。昭和54年福岡教育大学卒業。福岡県公立小学校教諭、福岡県教育センター研究主事、国立教育会館学校教育研修所指導主事、福岡県教育庁義務教育課指導主事、筑豊教育事務所主幹指導主事、公立小学校長を経て、平成29年定年退職。

【共著】
『効果的な教育研究の進め方』（ぎょうせい）
『ピア・サポートではじめる学校づくり中学校編』（金子書房）
『論理的思考力を育てる算数×国語の授業』（明治図書出版）

日本人として受け継ぎたいこと
～凜として生きる～

2017年10月５日　初版第１刷発行
2018年２月23日　初版第２刷発行

著　者　原田宏志
発行者　中田典昭
発行所　東京図書出版
発売元　株式会社 リフレ出版
〒113-0021　東京都文京区本駒込 3-10-4
電話（03）3823-9171　FAX 0120-41-8080
印　刷　株式会社 ブレイン

ISBN978-4-86641-092-0 C0095
Printed in Japan 2018
落丁・乱丁はお取替えいたします。

ご意見、ご感想をお寄せ下さい。

［宛先］〒113-0021　東京都文京区本駒込 3-10-4
東京図書出版